你让世界从此柔软

熊显华 ◎著

華中科技大學出版社
http://www.hustp.com
中国·武汉

图书在版编目(CIP)数据

你让世界从此柔软 / 熊显华著. —武汉：华中科技大学出版社，2018.10
ISBN 978-7-5680-4385-4

Ⅰ. ①你… Ⅱ. ①熊… Ⅲ. ①故事—作品集—中国—当代
Ⅳ. ①I247.81

中国版本图书馆CIP数据核字（2018）第147170号

你让世界从此柔软
Ni Rang Shijie Congci Rouruan
熊显华 著

策划编辑：娄志敏
责任编辑：娄志敏
封面设计：颜小曼
责任校对：张会军
责任监印：朱 玢
出版发行：华中科技大学出版社（中国·武汉） 电话：（027）81321913
武汉市东湖新技术开发区华工科技园 邮编：430223
印 刷：武汉精一佳印刷有限公司
开 本：880mm × 1230mm 1/32
印 张：7.25
字 数：150千字
版 次：2018年10月第1版第1次印刷
定 价：36.00元

前言

在坚硬的世界里变得柔软

在电脑上敲下最后一个故事的最后一个标点符号时，已经是深夜了。

书中的这些故事就像我们真实的人生，故事与人生，这两者有时是可以类比的。因为我们陈述的世界对敢于揭穿自我过往经历的人来说，它就是无比真实的。

然而，我们也不得不承认，在真实的背后，凸显的是磕磕绊绊的坚硬；在真实的背后，还有一份绵绵的柔软，让我们可以活得洒脱一点。

不管如何，我们还是要去相信，那坚硬的世界里藏有柔软。

有一件事可作为幸运的小插曲，那就是在写下这本书后半部分的时候，我正在一个江南小镇上，那里虽有些偏僻，但四周有农田包围，有花鸟草虫，正是宁静的地方。

我还在想，这宁静之地，它可否让我感受到自己的存在，感受到内心的那份坚强是什么模样？那份柔软是否已经消亡？

我在前一本书里写过一句话：每段路途都有难以割舍的伤痛，每个故事都可能是你的命运。那些我们走过的人生路，遭遇过的世间事，都是我们在当下的呈现。

但一个不能避开的问题是，我们做不到在所有的时刻都心如明镜般清晰。正如某个作家说的，这个世界上只有两种人，正在追逐的和业已疲倦的。有些人不是已经知足或疲倦，而是在慌乱中摸爬滚打，在熙熙攘攘的人群中，在灯红酒绿的城市里，过于坚硬，或过于柔软……而我们手上的筹码已经不多，心底的激情正在逐渐退却。

人在年轻的时候，总要经历一番痛苦的挣扎。我倒觉得，在这当中，痛苦更珍贵。在痛苦面前，不管是坚硬，还是柔软，都是成长的自然彰显。但我们应当遵守的一些法则呢？或者说，我们不会在痛苦面前犯下不可饶恕的错误吗？

于是，我想写这样一本书，它既是在讲述世间男女面对的“坚硬”世界，更是在讲述如何让自己活得“柔软”。我们要去相信，上天从未抛弃过每一个努力生长的灵魂，以柔软抵抗这世

界的坚硬，才是活得通透。

不管是书中念念不忘的姑娘，还是温柔深情的男人，或者就是发生在你我身边的柴米油盐的平凡的故事……所有那些爱过、恨过，隐秘、曲折的故事，它们都是上天赐予我们的最好的礼物。毕竟，我们终将懂得，在这个脆弱的时代，要坚强如铁，要从容生活，而不要让过去毁了现在，也赔了未来。

有一段时间，我特别恐惧，恐惧我们每个人都逃不脱的宿命——死亡。就这样，我陷入对死亡的恐惧和迷茫中，有时感觉自己仿佛进入了迷雾森林，困惑、恐惧、挣扎、逃跑……

一个朋友对我说，你应该活得明白呀！像你这样用情书写的人。我说，正是因为太过用情，反倒想不明白了。那一刻，人一定是最恐惧的，你那么固执地去担心得到和失去，那么努力地去投射某种期盼的结果，而现实的这条河流，却装不下你的一点一滴，爱与伤害就这么残忍地相互排斥着、冲撞着。

那么，这世界还是坚硬的吗？

那么，这世界里还有柔软吗？

“有！”坚硬与柔软都是我们生命里的财富，这两笔财富如何在我们或长或短的人生里有效地运用，将是我们一生的必修

课。这实际上是在说，我们在面对世间的纷繁复杂时，能不能做到去触摸内心的那份真实。

无论如何，还是要更多地相信那个真实的自己，因为我们既然来到这世界上，只要生命存在，亲情、爱情和友情，义务和责任，对抗和妥协……终究是逃不掉的。

那么，不妨去做一个内心柔软的人，也让世界变得柔软，以柔软之心抵抗这世间的坚硬，唯其柔软，才有更多显山露水的可能。

希望这本书不会是终结。

熊显华

2018年5月1日

目 录

我把青春耗在暗恋里，还不是想和你在一起

暗恋就是这样，两条直线在暗恋的那一刻相交，一旦错过就永远相离了。而我们能做的，只能是在许多年后对当初暗恋的人进行各种揣测，然后极力想弥补心头的这份遗憾。

* * *

前些天，听一个喝多了的朋友说他少年时暗恋同班女同学的故事，勾起了我久违的回忆。当时就感觉身体里沉睡着的清晰而遥远的东西一下子苏醒了——清晰地感觉到它的存在，却又遥远得像上辈子的事情，而且只存在那么一刹那，还没等我完全回味过来，顷刻间就变成新的记忆了。

问题总是需要答案的，我摇醒那位趴在桌子上的朋友，让他把故事接着说下去，试图找到一些共鸣。然而，他只是睡眼蒙胧地看了我一眼，打了个嗝，然后继续趴在桌子上呼呼大睡。说实话，对于这一点，我有些心虚了。事实上，问题的答案我心

里再清楚不过了，却还是带着万分之一的渺茫希望想要从朋友那里得到一个例外的回答。这是一种逃避，任何正常人对此都会选择逃避。因为，很多人都暗恋过，并且为此付出了代价，我也不例外。

我这样的人，是不会用太多技巧来表达对某些人和事的兴趣的，但暗恋这个东西是个例外，它诱惑着我打破陈规去描述——让我用一位艺术家的情怀，像一个严肃的雕刻家那样去雕琢。至于，是描述它还是描述自己呢？这一点就不甚明了了。

很多人的暗恋都是刻骨铭心的，就像万宝路的那句广告词一样："Man always remember love because romantic only"。这句话翻译过来的中文版本很多，我最喜欢的一个版本是"男人仅因为浪漫而刻骨铭心"。暗恋之所以让人难以忘怀，是因为这其中包含了一种特殊的浪漫情怀，这种浪漫是非物质的，没有鲜花、海滩，更没有婚纱、钻戒和海誓山盟，有的只是对某个人发自内心的真诚爱慕。但是，也正是因为此，只有精神上的爱慕，而没有现实世界中彼此深入的了解，结局注定是可悲的。最后精神世界崩塌了，现实生活也会因此萎靡很长一段时间。

很多人对自己暗恋的事情都矢口否认，但是人在本质上是一

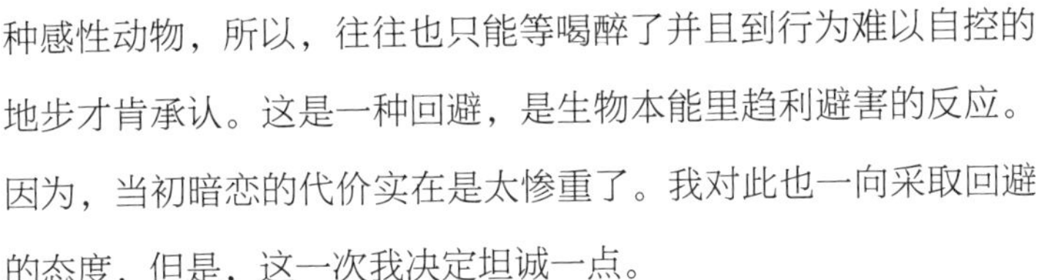

种感性动物，所以，往往也只能等喝醉了并且到行为难以自控的地步才肯承认。这是一种回避，是生物本能里趋利避害的反应。因为，当初暗恋的代价实在是太惨重了。我对此也一向采取回避的态度，但是，这一次我决定坦诚一点。

* * *

在我12岁那年，曾有一段刻骨铭心的暗恋。有一天晚自习前，我在教室里看书，她就坐在我前面。如果要让现在的我描述她的外貌，可不怎么好使，因为每次当我试图用海洋般浩瀚的词汇来形容她时，一颗心总是委婉得像一条表面结了冰的小溪——冷静的外表下流动着莫名的情绪。

当时，开学已经两个星期。在那个年代里，我们那个年龄阶段的人对异性都有着口是心非的防范，就算知道对方的名字，在谈到对方时也会刻意避开，以示清白。所以，我称她为“坐在我前面的那个女生”，这种称谓只有在一种情况下才会发生变化，那就是，当我直面她的时候，而在我第一次直面她之后，所谓“坐在我前面的那个女生”的称谓在任何情况下都不复存在了。

她扭过头来借橡皮擦。看着她的眼睛，我心里一下子慌乱得不得了，手心里就像考试时捏着小纸条一样渗出了汗。同时，我还要想办法抽出一只手在课桌的抽屉里把橡皮擦上写着的“XXX

是猪”的字迹清理掉。等到我把这些都做完的时候，她不耐烦地红着脸问：“你到底借不借给我啊？”

我没说话，把橡皮擦递给了她。然后，长长地吁了口气，好在把上面的字清理了。不过这只是我自以为的想法，很快就被她识破了。不一会儿，她转过头来，指着橡皮擦上隐约可见的字迹问我：“这上面写的什么？”我支支吾吾半天没说出一个字。她瞪大了眼睛问我上面写的东西是不是骂她，我居然像中了邪一样，没有肯定也没有否定。这显然被她认为是一种默认。我想，完了，她要告诉老师了，但是她没有。她只是把橡皮擦上的字迹清理干净，然后，把橡皮擦还给了我。

接下来的日子变得冗长而了无生趣。渐渐地，我发现自己变了，有她在的场合我总是想尽一切办法表现自己，哪怕是哗众取宠，也一定要表现一番。但暗恋就是这样啊！不能公开的，只能成为不能说的秘密。我觉得在她面前，自己卑微得像一只看不见的蚂蚁，后来又变成了尘埃，最后连尘埃都算不上了。

在那三年的初中时光里，我再也没有在橡皮擦上写过骂人的字，我私下里用信笺纸写了许多小纸条，但是，里面的内容却笨拙得近乎可笑。因为，每当我需要语言的时候，语言却从我的嘴边不知不觉地溜走了。

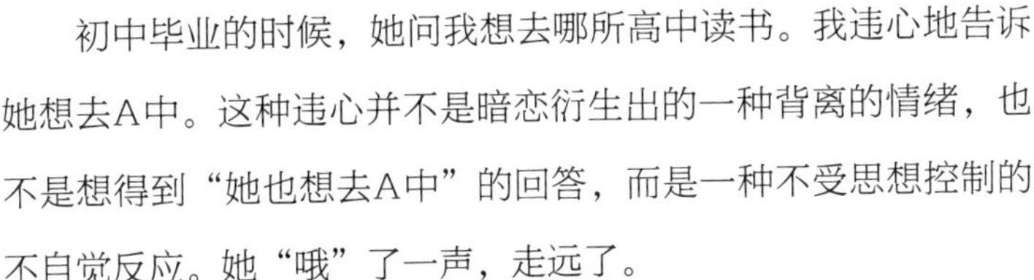

初中毕业的时候，她问我想去哪所高中读书。我违心地告诉她想去A中。这种违心并不是暗恋衍生出的一种背离的情绪，也不是想得到“她也想去A中”的回答，而是一种不受思想控制的不自觉反应。她“哦”了一声，走远了。

后来，高中我进入了B中，再后来隐约从同学的口中得知她在A中。其间，收到过两封她寄来的信，我都没回。一直到高中结束了，关于她的一切就像江边的小石子一样被光阴的江水一点点地卷走了。

故事的结局是她再也没有出现过，而我也再也没了她的消息。前段时间，一个初中的老同学找到我，告诉我她已经结婚了。当时我竭力让脸上的表情平静下来，淡淡地“哦”了一声。他又说：“你小子啊，不记得她了吗？”“记得什么？”我反问。“唉，不说了。”他叹了口气说。我强压住自己暗流汹涌的内心，不再说话。

* * *

每次我想到这件事的时候，总是忍不住设想，如果自己当初稍微勇敢一点的话，故事的结局会是什么样子。最后，自己得出的结论是：勇敢可以，但是“如果”这玩意儿不行。我相信，这是暗恋付出的惨痛代价之一。

在暗恋这个过程中，我们往往容易被情绪误导，精力也会被暗恋里的“猜来猜去”消耗大半，从而影响自己的情绪和生活。同时，这个过程是会产生变数的，这里并不是说你的等待可以改变悲观的结果，而是它会影响到原本美好的结果。也许这一刻推开门的时候，你就能见到自己想要的风景，而你也正是别人想要的风景，但如果等下去，你的光泽会被等待消磨殆尽，蹉跎了模样，那你就不再是别人想要的风景了。

暗恋就是这样，两条直线在暗恋的那一刻相交，一旦错过就永远相离了。而我们能做的，只能是在许多年后对当初暗恋的人进行各种揣测，然后极力想弥补心头的这份遗憾。

我觉得用城堡来比喻暗恋再合适不过了。我们都在城墙外面，看不到里面的风景，就在城门外一直等，等着里面的人给我们开门让我们进去。事实上，我们要等的人一直在城堡里面，他们也都站在城墙边等待，等着外面的人开门让他们出去。于是，我和他，我们和他们，就一直等着。

到最后，门，始终没有打开。

与其等待，不如勇敢一点，推开门，看看门的另一边是否有自己想要的风景。如果有，那就欣然前往；如果没有，那么忍痛掉头就走，何必在那城墙下守着心里的一树繁花，却冷落了自己

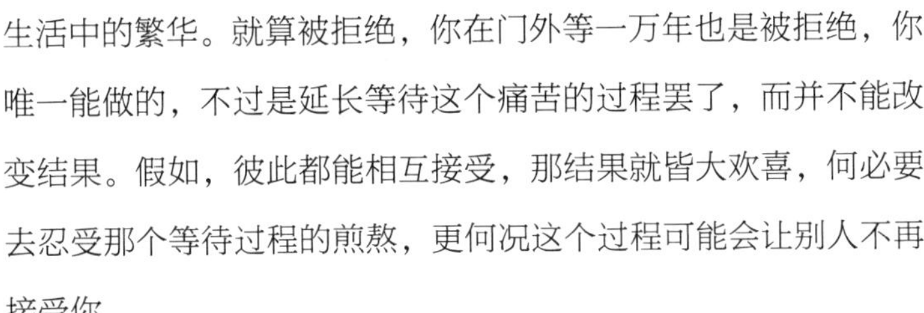

生活中的繁华。就算被拒绝，你在门外等一万年也是被拒绝，你唯一能做的，不过是延长等待这个痛苦的过程罢了，而并不能改变结果。假如，彼此都能相互接受，那结果就皆大欢喜，何必要去忍受那个等待过程的煎熬，更何况这个过程可能会让别人不再接受你。

也许有人会反驳我，说暗恋其实有很多好处。比如，成为自己努力的动力云云。对此，我不能全盘否定。而事实也是如此，偶像剧里经常会出现某某因为暗恋某人而发愤图强取得成功的故事。是的，其实生活中也不乏这样的故事，但毕竟是少数。可能有人会说，自己极可能就是那少数。对于这些人，我无法说服他们，就像让买彩票的人明白“大多数人相信自己运气好，但运气好的毕竟是少数”是同样一个道理。

而且，有一点必须申明，你明明就能够发愤图强，为什么非要等一个暗恋的目标出现才开始行动呢？也许，你可以从中得到些许动力，但是，请相信我，你被它分散的精力远远比它给你的动力多得多。既然想要发愤图强，为什么不先结束了暗恋再放开手痛痛快快地去闯呢？就算被拒绝，那么也要化悲痛为力量，短暂的悲痛过后就能全身心地奋斗，而不必再为暗恋这个事操心。如果对方接受，那这样的动力不会比暗恋的动力来得小吧？

其实，等我们的暗恋结束之后，回头发现暗恋也就那么回事儿，甚至想起来的时候会摇着头微笑。当我们陷入其中难以自拔的时候，一个爽快的拒绝带来的伤害远比漫长的等待和期盼带来的痛苦要小。

亲爱的朋友，请相信我，如果你正处于暗恋中无法自拔的话，如果你的思想里还有着一丝理性和耐心的话，好好思考一下它需要你付出的代价，你就会明白一个道理——是时候结束了。

人生终要有一场触及灵魂的远行

生命是旅途，原来如此，人生真的不能停留太久，也不要去害怕出发和作决定。保持缄默，回归初心。放下不满、愤懑，放下苦执、嗔妄，放下卑微、恐惧。

* * *

行走在路上的时候，想到要去阿里，就不自觉想到其藏语的译意：属地或领土。我们前往的究竟是一个什么样的地方呢。

逝去的终将难回，但对于旅行者而言，或许多了一丝倦怠，他会在某些时刻多次回望来时路。就像我——一行的还有其他几位追随者。说他们是追随者，只因他们出发的目的地不是太明确。这其中有学生，也有情侣，他们只是随波逐流，抑或受了他人旅行格言的蛊惑。不管怎样，有人做伴就好，总好过一个人长途跋涉。

一行的小C对我说，阿里是一个神奇的孕育之地。

我应了一声，问他有多神奇。他随即拿出一沓资料，我颇为吃惊，没想到他准备得还挺充分的。小C介绍道，万山之祖的阿里是喜马拉雅山脉、冈底斯山脉等山脉交汇的地方，也是雅鲁藏布江、印度河、恒河的发源地，给它取名“百川之源”并非浪得虚名。

阿里的确是一个神奇的地方，去过的人大多都会对它的文明心生赞叹。我的心中隐隐多了一份期待与热切。

* * *

这次出行，我是隐藏了一些信息的。

那时候，我与妻子相处得并不融洽，这主要源于彼此世界观的摩擦。从一开始我就相信，这世间没有谁能强迫对方服从于另一方。一度我曾想过放弃。

可是，人或许都是懦弱和恐惧的。尤其是像我这样的一个卑微的写作者，在不为人知的世界里独活，害怕孤独的感觉就像白天害怕太阳不会出来一样。清晰记得那一天，天降大雨，视线于窗外模糊，心情如雨水般滂沱。

我与妻子争吵不休，似要分离。而跳跃与躲避的欲念，在争吵过后变得更想逃离，一种想跋涉虚无之境以获得解脱的需求，在那一刻竟然变得尤为强烈。直到很久很久，也没有消退。

于是，我决定远行去阿里了。

我们一行人进入新疆界内。在新藏线上，界山达坂、死人沟是其中的亮点。其实，我倒以为在旅游之地有亮点的地方并不意味着美好。美好的地方大多在不为人知的地方，抑或险峻之地，而大自然从来都是不需要我们去征服的，可人类在很多时候并不这样去想。出发之前，身边的朋友都说，在这界山达坂，在死人沟，就曾有挑战者命丧于此。

“有生之年，穿越无人区，在生命旅途的跋涉中才算作是超越，哪怕是一次，也足够。”我在心里对自己说道。这样的想法，竟然与刚才一闪而过的念头格格不入。但我也知道，这不是为了存在感而言，只是觉得一个人若是到了那样的地域，很多想法都不由自主，随性而发才是最好的选择。

一行人中的小A曾一个人驾驶去过新疆。此行他最担心的是如何应对高原反应。因此，抵达新疆后，希望能找个司机随行。我们运气不错，虽然没有找到司机，却找到一位年轻帅气的向导。

向导是个精明干练的小伙子，黝黑的肤色和壮实的身板让人备感安全。他告诉我们，界山达坂是新藏公路沿途最著名的山口之一，达坂在蒙语中意为山口。界山达坂还是沿昆仑山南缘横穿羌塘无人区的三岔路口的起点。

我们一路狂奔，像脱缰的野马，抑郁的心情很快得到释放，从多玛经大红柳滩，作为一个必经的落脚点，大红柳滩让我们有了一种回家的感觉，尽管这是一个比较寒碜的驿站，可对野外旅行的人来说，没有比可以歇脚补充能量的事儿更幸福的了。

眼望前方，一条碎石路在中间，在路的一边有一家饭铺，挨着饭铺是一个修车摊。不远处，还有部队的营房。遗憾的是没有旅馆，我们一行人叉着腰，目光游离，将所有的房子都看了一遍。

然而，偌大的营房居然空无一人。向导说，这是给过往的部队准备的，如果部队到了，可以给他们提供避风的宿营地。现在，营房被锁上了，锁链在寒风里瑟瑟作响，那声音好似荒野里骤响的音符。

我有些恍惚，一些发生不久的画面一闪而过，挥之不去。我问自己是不是一个多愁善感的人，又问心中的那个她是否安好，是否对我已没有了想念。然后，一个声音在心里响起，却没有回答。原来，不光是他们，连我，连一切都显得那么不确切。

我们肚子都饿了，有一对情侣阿丽和阿俊一路上都没有什么言语。我几次想开口询问，终究开不了口。向导说，先吃饭，休整一下，消耗体力的路程还在后面呢。阿俊摘下了他的边缘帽，眯着眼向前走了几步，和餐馆的老板寒暄了几句，然后向我们几个招手，我点头示意。吃饭的时候，小C就是一个话痨，他的存在似乎打破了阿丽和阿俊之间的尴尬。

吃完饭，我看见阿俊一个人坐在路边，我走过去，靠近他，与他交谈。也许世间男女都曾为情所困，而任何一个人的离开，并非是突然做出的决定。人心是慢慢变冷的，树叶也是渐渐变黄的，期待是所有心痛的根源，那些一次一次的失望，终成了致命伤。对前事的无法淡忘，是对现在的残忍。我明白阿俊心中的隐痛。

人生最精彩的地方，不会是在迷惘的原地。因为，你在原地根本看不到什么。这如同待在井底，走不出自苦的天地。伤己伤人，彻悟不过是眼睛到地面的距离，却难以抵达。我这样说，仿佛忘记了自己的隐痛，却强自去宽慰他人，着实可笑。

天空突然刮起了风，我看见阿俊的头发被风吹得凌乱，他独立在风中，孤独的身影在天地间显得那么渺小。我没有再说什么，都是天涯沦落人，凑到一块儿了。

向导壮实的身板出现在我的眼前，他说一切都安排好了，今晚就在养路工的宿舍过夜。这里的维吾尔族比较多，宿舍可以提供一间三人床的待遇。阿俊把最好的铺位留给了女友阿丽，现在回想起来，从出发到现在，阿俊都默默地为阿丽做事，就是没有什么言语。我和小C住在一块，向导也跟我们住在同一个房间。就这样，我们在大红柳滩住下了。

夜晚的大红柳滩很冷，这晚的月亮却格外明朗。再次想起出发前的情形，似诀离，又似舍不得。又想起阿俊和阿丽，他们的结局会怎样，圆满还是断舍？无法预知。一晚上翻来覆去都睡不好，四周很静，嗖嗖的风声一阵接一阵，偶尔还有几声乌鸦残叫，心也是冰凉的。

熬到天亮，困意十足，却不得不起床继续前行。

一路上的地势变化莫测，土路上车辆很少，偶尔可以看到几辆运输的军车。一路上天气变化无常，一天之内似乎经历了四季，遭遇了阳光明媚、乌云密布、飞沙走石、雨雪冰雹。阿俊将帽子给阿丽戴上，我对阿丽说：“你男朋友对你可真体贴！”她听后，浅浅一笑，在风沙中留下一抹倩影。

车子终于驶出了大红柳滩，然而，天气没有好转，迎面而来的沙尘暴铺天盖地，一时间黄沙飞扬、遮天蔽日，大有武侠片里尘土飞扬的仓皇感，也有黄沙掩埋历史风情的悲悯感。此情此景，让人备感是在挑战生命的极限，当然，这里的景色也是我们之前从未看到过的。由于车子已无法继续行驶，只能停在路边静候沙尘暴的停息。

视线好转后，我们重新出发。一路黄沙狂风没有停止过，如影随形，穷追不舍，忽左忽右地跟着我们的车子，沿途的景色都笼罩在一片昏黄之中。让人不觉想起电影《无人区》里苍凉昏黄的场景。向导见我精神状态不大好，事实上，一行人的状态都不是很好，就说，我给你们唱首歌吧！

他开始唱起了歌，我们却听不懂，只觉得声音有一种雄浑的美。我们拍手称好。阿丽似乎也受到了感染，她也哼起了歌儿，我看到阿俊脸上露出了灿烂的笑容，一路上没有过多言语的他们，却在此刻有了一丝融洽。

车子继续前行，穿过依河拌山土路，冲过起伏多弯的砂石路，翻过康西瓦达坂，沿着曲曲折折的盘山道，终于抵达三十里营房。

在进入三十里营房前，有一个检查站，作为军事要地，兵站和边防检查站一样严格。禁止拍照，检查相机，直到确认无误后才放行。

继续启程，奔向麻扎兵站。从三十里营房直到麻扎兵站，沿途除了兵站，几乎没有村庄和居民，甚至看不到树木和动物，只有一望无际尚未返青的草原山坡。一路无话，历经不易，终于到了麻扎兵站。

这时候，天色将晚，狂风大作中连车门也难以打开。我们一行人好不容易下了车，阿俊搀扶着阿丽，艰难前行，我们就这样迎着刺骨的狂风哆哆嗦嗦地进了兵站。

兵站里的军人都很客气，一个身材魁梧的军人安排我们的住宿。当我们渐渐远离冷风的肆虐，跨进温暖的兵营时，外面已经漆黑一片了，耳边却依然响着呼啸的风声。在干净的客房里，摆设相对齐全，让我们欣喜的是还有氧气钢瓶。向导说，这是给那些不适应高原反应的旅客准备的。

一切倍觉安好，只是在和阿丽聊天的过程中更加明白了安妮宝贝在《莲花》中的所悟。或许，在这个世界上，真的会有一些无法抵达的地方，会有永远无法靠近的人，会有无法完成的事情，更有无法占有的感情……

我对阿丽说："你现在的男朋友对你真的很好，为什么不能忘怀前任呢？毕竟……"然而，她阻止了我的话，很久都没有言语。

许久，她说起在前一晚做了一个梦，在梦中见到了前任的死，只是仅有的一次。她看到他死在不知道何时何地的阳光底下，整张脸正对着太阳，被阳光照耀得金黄一片。仿佛夏日田野里最后一枚充沛饱满的向日葵花盘，带着它对光所有的向往和追忆，如此寂静无声地死去……

我被这样的梦震惊了。虽然不知道它的具体寓意是什么，但我猜想，也许有想不到的事情会发生。

躺在床上，我在不安中入睡。梦中的场景恍惚出现，它们就像是一个找不到出口的焦虑者在杂乱的荒草中抓狂，而后无助，而后哭泣。

半夜醒来，急促的呼吸声在阿里的夜晚显得格外清晰，恐惧占据了大半个心灵。小C也醒了，他的安慰让我有了一丝旅途中的温暖。随后，慢慢睡去。

天亮，饭毕，继续出发。坐在车上，我在脑海里回忆这一路行来的风景。

湛蓝的天空，阳光灿烂，白云悠悠。但瞬间又可能变为尘土飞扬，天气变幻莫测。

在路边不时会看到结冰的溪流，它们反射着刺眼的白光，在深褐色的山坡上结冻的冰雪宛如洒落的珍珠，晶莹耀眼。

似乎一切都在不断变化中，尤其是在红土达坂，道路两旁的山坡不断变换着色彩。拿出红笔，记录下这些变化：深褐掺杂一些土黄的色彩，在前行中慢慢变成黄棕色；表面泛出土黄的颜色在掺上红色后，呈现出红黄色的味道；饶有趣味的是，这时候回望，会发现道路也变成了红色；在绿色出现的时候，你还来不及细细品味，倏地功夫又变成墨绿夹杂淡棕色；最后，当军绿、焦黄和红褐交替出现，那才是最激动人心的，这时，如果是站在红土达坂往下看，那绝对是一副绚烂的五彩油画。停在海拔5230米的红土达坂，在红色的土地上留下人们纤细的身影，那是世间最美的风景。

在山顶，忽然出现了经幡，在藏区，这是最高峰的标志。

翻过山口，一弯宝蓝映入眼帘，那是处子般矜持的龙木错。稠稠的湖水凝结着蓝色的乐章，跳动在高原山谷之间，流畅而优雅。我们一行人欢呼着，之前的那些陌生似乎已经不见，我甚至看到阿丽紧紧抱着阿俊，她的丝丝秀发在风中飞舞，留下一抹温柔的回忆。

界山达坂在昆仑山上。有人说，界山达坂的美是凝固于山水天地之间的永恒。我表示赞同，在这个晶莹剔透的冰雪世界，独具方外孤绝的凄美是我从来没有体会过的。

我感觉到每一颗心灵每一个灵魂每一次呼吸，在这里都是如此纯净而圣洁。这一刻，就算再美妙的词汇也无法形容。

保持缄默，回归初心。放下不满、愤懑，放下苦执、嗔妄，放下卑微、恐惧。生命是旅途，原来如此，人生真的不能停留太久，也不要去害怕出发和做决定。在界山达坂，跋涉虚无之境，其实是对过往虚无的跋涉，如醍醐灌顶。我记录着自己的心灵蜕变，也关乎同行的其他人，没有什么比这更幸福的事了。

* * *

安妮宝贝在《莲花》中说："所有想死的人在被迫自我终结时不能保全尊严，但是真正面对死亡所带来的压力，感觉到死亡的胁迫时，人的身体会充满被激发出来的生命力，它反而使人镇静。"我想，镇静的特质不是与生俱来的，而是在涅槃后。一个卑微的写作者，终在"人本尘土，终归尘土"中有所悟，不虚此行。那些曾经执着的东西原本就是虚无和幻相。还不如继续

走，继续出发，这样岂不更好！而阿俊和阿丽，我相信他们会彼此明白在一起和不在一起的意义。再说，他们的交流比先前多了许多。

回到原来的城市，我变得安静。少了许多的争吵，不再强求，我知道，后面的路还很长，无论如何，长长的路，我们得要慢慢地走。

一个皮肤饥渴症患者的爱与孤独

两个相濡以沫的人，在经历了时间的洗礼后，我相信就算身体的渴望慢慢衰退，那份爱也会支撑两个人走下去。“皮肤饥渴症”只是一种病，它并不能代替我们的理智，更代替不了我们的选择，代替不了我们想要与对的人白头偕老的那颗心。

* * *

作家斯考特·海姆在他的小说《神秘肌肤》里，讲述了一个关于“皮肤饥渴症”的故事。

小说中的布瑞恩和尼尔是两个未成年的小男孩，他们有着相同的遭遇——8岁那年，童贞被球队教练泰勒夺去。从这以后，两人心里留下难以抹去的阴影，以至被扭曲了认知。

对布瑞恩而言，从失去童贞开始，那些挥之不去的画面片段和可怕的梦魇如同影子一样跟随着他。至于尼尔，经历被教练夺去童贞的那个风雨交加的夜晚，则是他幼小的心灵情窦初开的伊始。

长大后，布瑞恩一直苦苦试图找回那段失去的记忆空白，为了这段记忆，他疯狂地去联想，甚至觉得这一切与外星人有关。而尼尔却成为同性恋者，走上了出卖自己肉体的道路，为了能体验这种同性游戏的疯狂，他搬去了纽约。

十年后，布瑞恩找到了当年和尼尔同在一个棒球队的照片，并以此为线索找到了尼尔的住所。在被教练夺去童贞的房间，一些真相正在被解开……

他们将如何面对今后的生活，或许，只有切身读过这本小说的人才会有所体会。后来，美国著名导演格雷格・阿拉基根据斯考特・海姆的这部小说，拍摄成同名电影，引起热烈讨论。

我特别喜欢《神秘肌肤》这个书名，但我更关心的是，我们的肌肤到底有多神秘呢？或者说，我们的肌肤是否存在着一种饥渴？据说，当“皮肤饥渴症”被人类发现后，一些关于肌肤的渴望症状便有了“合理的解释”。比如说，人类需要每天进行皮肤间的接触才可以更好地发育。又比如说，那些“皮肤饥渴症患者”喜欢接触别人的皮肤，然后，他们才会觉得温暖。这的确让人匪夷所思，但对于“皮肤饥渴症患者”而言，这似乎“挺

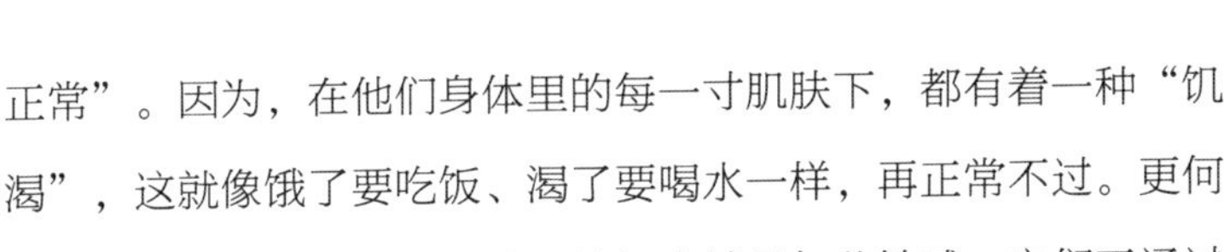

正常”。因为，在他们身体里的每一寸肌肤下，都有着一种“饥渴”，这就像饿了要吃饭、渴了要喝水一样，再正常不过。更何况，那些皮肤中的神经纤维和神经末梢是如此敏感，它们正通过触觉传达需要被“爱抚”的信息。

如果我们的皮肤长期处于饥渴状态，自然如久旱逢甘霖一般。像布瑞恩和尼尔就有这样深切的体会，他们在被球队教练夺去童贞后，逐渐变得对肌肤相亲有一种饥渴式的成瘾。

* * *

今天我也来讲一个“皮肤饥渴症患者”的故事。

W小姐的家境并不算好，很小的时候就成了一名孤儿，寄居在姑姑家。那时候，她特别渴望得到爱。当她看到其他的孩子有妈妈亲吻、抚摸入睡的时候，她总是非常羡慕，一面假想式地回味着。长大后的W小姐总爱说一句话：这不是我想要的……

这不是我想要的……那她想要的是什么呢?

中学的时候，她爱上了一个男生，有了第一次的亲密接触——拥抱，那样的感觉真的很好，用她的话来说：这正是我想要的……

后来，她和那位男生有了肌肤之亲，她那么渴望肌肤有被爱抚的感觉。她马不停蹄地追逐“爱带来的快感”，可快感很短暂，总不能满足。她成瘾了，一个人的时候，会尝试抚摸自己的皮肤，但总觉得缺少些什么。

有一天，她的同事说有一家中医按摩店，技术非常好，姐妹们都相约而去。W小姐去了中医按摩店，以后每个月的消费都在数千元以上。这样一笔费用，对她而言是不能够承受的，那不够的部分，只能从男友那里要。可问题是，男友的工资也不高。更重要的问题是，男友工作很忙，很少回家。

以后的事，变得很纠结，也很费思量。W小姐的男友Z先生被逼得陷入了困境。W小姐说：“你是不是不爱我了，是不是外边有人了，是不是……”有太多的“是不是”，有太多的皮肤被需要，Z先生无法回答，也无法做到更好。

有一段时间，Z先生爱上了陶喆的歌《一念之间》，歌中这样唱道：“你是怎么做到的给了她需要的爱，你是怎么想象的关于你们的未来，如果我怀疑幸福不会一直存在，请告诉我该怎么去得到爱。”Z先生处于苦恼纠结的拉扯中，他不知道该如何去面对、去解决。

W小姐依然如故的饥渴，Z先生不在的时候，她会去享受按

EXPRESS
KOON PAI DISPENSARY
政府註冊
正貨藥品

RONGHUI

摩的神奇感觉，以满足她对皮肤抚摩的渴望。她甚至以一种哲理的方式进行了总结：那样的感觉就像是开启了身与心对话的过程。为了体验这种感觉，据说，W小姐最多一天做了30次按摩，一年下来，竟然花费了十几万。

Z先生觉得不能任由W小姐这样发展下去，他决定分手。对于这样的决定，W小姐有着爱与痛，还有眼泪，即使这样，她依然控制不住自己的皮肤饥渴。

W小姐的故事仍在继续，我却再也无从说起，人生路还很漫长，只愿她一切安好。

* * *

有一天，善于思索的我们会察觉到："皮肤饥渴症"，也许不只是肌肤的饥渴，更是那份不安的炽烈的心。在这世界上，有一些人，他们的确很孤独，他们的感情的故事都与身体感官相依相伴，并在满足与被满足间轮回演绎，并在其间殚精竭虑。当我们有幸听到这样的故事，不要以怪异的心态去看待。他们不过是在彼此被需要而已。

可即便如此，大部分人依然保持这样的观点：当"皮肤饥渴症患者"的热度不减的时候，而另外一方满足能力下降，分手的

可能性就会极大。因为他们不是建立在爱情的基础上，而是建立在情爱的基础上，当激情耗尽，就是分手的时候到了。

这或许是比较中肯的，但他们忽略了时间的过程，忽略了时间会产生爱情。相比之下，那些表面看起来没有“皮肤饥渴症”的人，他们做作地表达爱意的方式远远比不上“皮肤饥渴症患者”的真实。因为，后者比前者来得更坦然、更热烈。

两个相濡以沫的人，在经历了时间的洗礼后，我相信就算身体的渴望慢慢衰退，那份爱也会支撑两个人走下去。“皮肤饥渴症”只是一种病，它并不能代替我们的理智，更代替不了我们的选择，代替不了我们想要与对的人白头偕老的那颗心。

W小姐没有讲爱情，没有讲爱与痛。她只讲满足与不满足，可她没有讲的那些，背后又有多少故事，我们不得而知。

我爱你不后悔，也尊重故事结尾

我爱过你，但不多。这句话出现的情景有两种：一种是彻底的无奈，是很爱很爱；另一种是彻头彻尾的无赖，是再也不爱。

* * *

我爱过你，但不多。曾几何时，这句话曾不止一次地出现在我们耳边，然后，总会带着我们身边的另一个人悄无声息地溜走，留下其中的某一个独自在没有风的街道上回味那句话。那句话的味道还在那里，盘旋着不愿离去。也许很爱，也许不爱，这句话都可以成为搪塞的借口，这就是那句话最地道的味道。

我想，不管是哪种味道，一旦这句话说出口，那么就一定意味着爱情的结束。尽管这句话的本质是选择疑问句，在爱情结束之后有一定的抚慰作用，可是，如果爱情已经没有了，谁还会去在乎伤口的深度？

我爱过你，但不多。这句话出现的情景有两种：一种是彻底的无奈，是很爱很爱；另一种是彻头彻尾的无赖，是再也不爱。

无赖的时候，当一个人看着另一个人的眼睛，问："你到底爱过我吗？"

"我爱过你，但不多。"对方立马倒背如流地回答，像极了背古文的学生，连语气和表情都跟读报纸差不多，像是在说发生在一个与自己毫不相干的人身上的毫不相干的事情。

这样说出这句话的人是不爱的，一点也不。他们之所以说爱过，是出于一种无赖，是为了照顾自己的颜面，内心有愧，想以此来掩饰自己的过错和内心的不安。之所以承认不多，是因为他们估计蒙蔽别人的同时也要顾及内心的真实感受，说很多恐怕连他们自己都不相信，而且这个词语从某种意义上来说绝对是一种干脆利落的否决。说没爱过可能会让对方难受过度，说不多能够表明自己与对方截然不同的立场。这就好像一个长时间欠钱不还的人告诉你其实他有钱，只不过你来得不是时候，这些钱恰好在昨天的麻将桌上输得差不多了一样。这样一来，就把问题的责任推得一干二净，并且还以一个慈善家的姿态出现在受害者面前，把从你那里夺走的东西施舍极少的一部分给你，却不承认拿走了绝大部分。

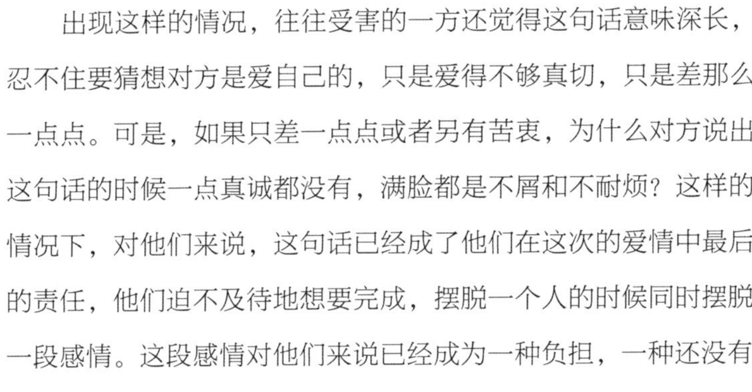

出现这样的情况，往往受害的一方还觉得这句话意味深长，忍不住要猜想对方是爱自己的，只是爱得不够真切，只是差那么一点点。可是，如果只差一点点或者另有苦衷，为什么对方说出这句话的时候一点真诚都没有，满脸都是不屑和不耐烦？这样的情况下，对他们来说，这句话已经成了他们在这次的爱情中最后的责任，他们迫不及待地想要完成，摆脱一个人的时候同时摆脱一段感情。这段感情对他们来说已经成为一种负担，一种还没有成型就想要全盘卸下的负担。

这样一类人，就算他们不说这句话，也会通过其他的方式来表达自己的无赖。比如，告诉你，你们在一起只是一时冲动，大家都不够成熟。或者告诉你，其实还是爱的，但是爱得太累了，自己也舍不得你，但是世界就是这个样子。当然也可以稍微伪装一下，显得更加具有欺骗性。比如，说什么爱你但是不能在一起，或者相爱的人不能在一起，甚至是什么“人因误会而在一起，因相互了解而分手”——意思就是说，他已经很努力去了解你了，只不过了解你之后发现了你的问题，于是选择了及时撤退。

除了语言，其他方式往往也能达到这样的效果，可能是摔盘子或者吵架一类的事情。比如你下班回家，你的爱人故意等你进屋子的时候噼里啪啦把家里的盘子全扔在地上；或者你一进门就

开始埋怨，找些无足重轻的借口跟你吵架，你还嘴就说你是火上浇油，明知道他/她心情不好，还要跟他/她计较，你不理会就说你是窝囊废兼闷瓜，这日子没法过了。

不管是语言还是其他方式，都是对无赖的包装，都能迷惑人心，让你在不知不觉中出局，还以为对方温柔体贴，甚至还会产生一种感恩心理。要杜绝这种现象，那就必须通过现象看本质，不去看别人的花言巧语，不去看他们的花哨招式，就看在不在乎你们之间那段感情，如果不在乎，那么直接对号入座绝对没问题，如果在乎，那肯定是另一种无奈了。

但在生活中，我们的考虑却没有那么周全，往往在面对无赖的时候还以为一切尽在掌握中，这显然是行不通的。

* * *

当秦妍告诉我她和苏醒的故事的时候，她仍然坚信苏醒在内心深处爱着她，并为他找了无数个借口，简直让我咋舌。

他们的故事开始于一个秋天，秦妍学历很高，在这座城市里有一份体面且收入颇丰的工作，她以为自己的人生会平平淡淡地过下去，直到遇见苏醒。两人认识不久后，苏醒就说："我们就是X染色体和Y染色体，天生注定要在一起。"她哪里见过这样

花哨的甜言蜜语，立马感动得稀里哗啦。两人迅速确立了恋爱关系，并且发展神速，几乎就要结婚了。

光速前进的感情让秦妍找到了依托，恋爱半年之后，她打算和苏醒走进婚姻殿堂。当她把这个想法告诉苏醒的时候，苏醒就像有婚姻恐惧症一样坐立不安，最后告诉她，给他点时间来接受这件事。

一段时间之后，苏醒的爱情金句依然出口成章："婚姻是爱情的坟墓，我们何必自掘坟墓呢？"她想，这话有道理，于是答应再等等。这一等就等来了一个坏消息，一个要好的朋友告诉她，苏醒其实有女朋友，而且很花心，经常脚踏好几只船。这时，女人天生的要强个性让她产生了一个可怕的想法：虽然苏醒有女朋友，但是他对女朋友是不爱的，不然就不能和自己在一起，所以自己要努力把苏醒从他女朋友手里抢过来。

她对苏醒软硬兼施，而苏醒刚开始似乎很受用，可一段时间之后就变了。苏醒对她不再那么关心，甚至可以说漠不关心，时常躲着她，以各种理由不接她的电话，后来倒好，理由也不找了，直接不理不睬。最后一次见面的时候，苏醒看她的眼神冷得像看一个毫不相干的陌生人。苏醒的言辞一如既往地华丽："爱本身就是一种伤害，不是不爱，而是不想互相伤害。"这句话说得很有技巧，苏醒把自己辜负秦妍的事居然偷天换日地说成了是一种呵护，而且从语言逻辑上来看几乎无懈可击，同时表情还很到位，几乎让人误以为他是哪家影视公司的兼职演员。

从那以后，秦妍再也没见过苏醒，却一直惦记在心里，从未忘记，所以找到了我帮忙。我知道要让一个被花言巧语欺骗的女人从谎言里走出来比叫醒一个装睡的人困难得多，这需要剖开她的心，让她看到苏醒内心的真实想法。

尽管我很努力地劝说，同时举了许多例子来佐证，但是秦妍还是坚信苏醒对她的爱。直到一次偶然看到苏醒在私人派对上左拥右抱时，她才醒悟过来，当然，这是她后来告诉我的事情。其实，要看一个人是不是无赖，只要看他在不在乎你就可以了。

* * *

另一种无奈是颇伤感的，从一开始就是一种领悟，结束的时候成了一种“多么痛的领悟”。这种无奈与上一种无赖的最根本区别就是，无奈是两个人都想在一起而不得，无赖是一个人想在一起，另一个人不想而不得不找出来的托词。

这种无奈是美好而伤感的，这种无奈下的故事也是如此，是一种遥不可及的叹息。这样的无奈很多，甚至到了泛滥的地步，所以就算是在我居住的这个小城市，也能轻而易举地找出很多例子。

这个故事发生在一个叫侯俊的小伙子身上。一次偶然的机会，侯俊爱上了一个富家女。好巧不巧，那女孩儿居然出人意料地想要与穷困潦倒的侯俊交往，这让侯俊陷入了两难的境地，接受还是不接受。侯俊在地摊上捡过些书来看，知道这样的东西是不能叫爱情的，就算勉为其难地算是爱情，但顶多也属于悲剧那一类，结果早就在命运的岔路口分道扬镳了，所以刚开始他是逃避的。

但年轻人总归是年轻人，他不甘心，于是开始努力，拼了命地工作、攒钱。因此，侯俊接触了更多外面的世界，看了更多外面的风景，只是没能攒出更多的钱，因为他那点钱在这个城市里太微不足道了，一个月不够人家一顿饭。他告诉我，他明白了，他们根本不是同一个世界的人，所以结局早已注定。结局就是，侯俊依旧日复一日地努力，但却找了个借口和那个女孩断了来往，从此不再联系。

时间过了很多年，侯俊回忆起当年的事情仍忍不住慨叹。我告诉他，自己最近在写的一个话题能概括他当年的回忆。他连忙追问是什么。我告诉他，话题的名字就叫“我爱过你，但不多”。侯俊听了之后若有所思了好一阵子，也不知道他懂了没有。

我爱过你，但不多。无赖和无奈，不爱和很爱，一字之差，意义却相隔万里，它蛊惑着人心，让人难以辨认。其实，无赖和无奈是很好区分的，无赖往往都说得口若悬河，生怕别人知道自己不爱，这是不爱；而无奈是无限期的沉默，生怕别人知道自己爱，即便说出，也故意弄得跟谎话似的，这是深爱。

也许，爱本身就不那么多，重要的是爱没爱过。

我爱过你，但不多，但这已经意味着很多。

不念过去，不畏将来，如此，安好

痛绝对不是我们人生的全部，人生中一定还有很多其他的味道。那些把往事搞丢了的人，才能找到新的完整。

* * *

多年前，我有一个发小，我们从小一起长大，有一年夏天，我们约定一起出去闯荡。那时候，我们都很年少，不愿意待在一个小地方，总觉得外面的世界很精彩，无论如何都要去看看。那几天我们都很激情澎湃，家门未出，心已经远走，只等凑足路费就出发。

过了些时日，我们凑足了路费，觉得差不多可以出发了，然后选好日子准备开始我们的外出闯荡之旅。可是，到了那一天，事情突然有了变化。当我兴致勃勃地去朋友家的时候，他拉着我的手到了屋后的草地，很为难地对我说："兄弟，对不起了，我不能和你一起出去了。"我听后，大吃一惊，问："为什么呀？”他的回答是：“亲戚给我介绍了一个女孩子，我和她相亲了，而且，我很喜欢她，今年秋天就要结婚了，日子也基本看好了。”当时，我的心情很失落，不是说好一起出去闯荡的吗？现在只剩下“孤家寡人”了。可他的这个决定，作为兄弟的我必须理解，况且，他的理由是那样理所当然，找不到任何一丝的突破口。

那年夏天，我一个人背着行李，沿着蜿蜒的小路，独自离开，当我回头望着那渐行渐远的小山村时，眼眶湿润了……

时光飞逝，在我看来，时间的意义在于，它会改变一个人的很多看法。当初一心想要离开，而今却忍不住常常挂怀。所幸在外面的苦难，对得起自己的闯荡，我想，这何尝不是一种收获。去年我回老家的时候，很幸运地在路上遇到朋友，这么多年没见，他还是老样子。他说：“我们应该有十年没见了吧？”我说：“是呀！这一晃快十年了。”

那天晚上，我们坐在他家的院子里喝酒。他是我众多儿时伙伴中结婚最早的，也是最早有孩子的。时光并没有把我们变得生疏，从当年的阔别家乡，再到现在的相聚，中间该有多少感慨呀！他喝了一口酒，问我这些年怎么样，并说起当年的那件事是他对不起我。我赶紧打住他的话，说这不能怪他，自己能理

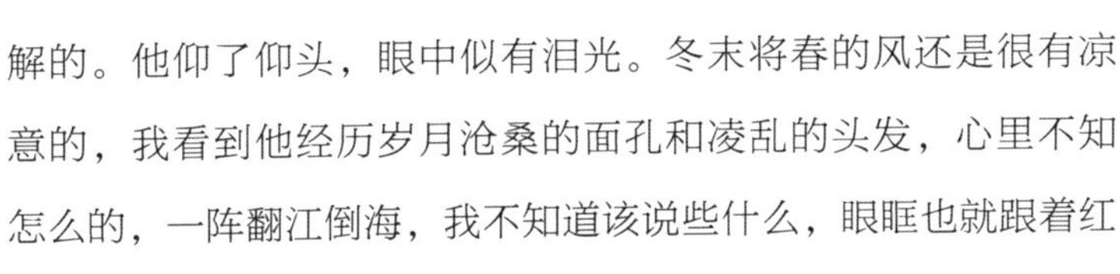

解的。他仰了仰头，眼中似有泪光。冬末将春的风还是很有凉意的，我看到他经历岁月沧桑的面孔和凌乱的头发，心里不知怎么的，一阵翻江倒海，我不知道该说些什么，眼眶也就跟着红红的……

在后来的交谈中，我得知，当年他的那段婚姻，并没有持续多久。这之中，他多次说到如果当时怎样，现在就不会是这样。我们因为人生际遇的大不同，选择了不同的人生。而现在，他早已经告别了那段婚姻，那个她也早已去了深圳多年，至今未回。

我很难想象，当年那样帅气的他，看起来应该大有作为的他，感情状况竟然是以这样的方式收场。只是想起当年那个意气风发的他，我心里挺感慨的。那个年龄比他小好几岁的她，居然让他爱得那么勇敢，那么义无反顾，可以让他放弃外出闯荡的梦想，甘愿待在老家一起同甘共苦——这绝对没有错，可是，到了某一天，其中一个人退却了，她不想过那种清贫的苦日子，开始向往外面的世界。后来好不容易回到老家一次，等来的却是离婚的结局。爱原来那么伤，一切在他的身上都发生了。苦等这么多年，他勇于开始了——就像当年的决绝，剩下我一个人背井离乡。苦等这么多年，他没有勇于结束——就像任何人都可以看出一个人早已经变心了一样，可他却不愿意相信，不愿意去果断结束。

我们还在喝着酒，可我发现谈论下去依然不能改变什么。唯一不变的，是我和他之间的情义。我写下这个故事，内心有些隐痛，我知道自己在有些时候也犯着“勇于开始，却无法勇于结束”的错误。而且，远不止这些，甚至有些时候无法去勇敢开始。后来，我侥幸地发现这一切都是不敢“勇于开始也要勇于结束”惹的祸，但悔之晚矣。

* * *

最近，我爱上了回忆，也许是因为听到了许多不同人的故事的缘故，他们的故事，我的故事，中间似乎有一根线牵连，它沟通着过去，而后我又静静地思索着。经历这样的过程，开启着我们的生命旅程。前几日，我又听到了一个伤心女人的故事

就叫她林姐吧！林姐的感情经历很是丰富，喜欢上的第一个男人，居然比她大了10岁，我的天，应该可以喊他叔叔了吧！可人家就是爱了，且爱得那么疯狂，不顾家人、亲戚和朋友的激烈反对。后来的发展很适合拍成影视剧——

起初爱他的时候，优点是优点，缺点也是优点；

后来不爱的时候，优点也变成了缺点，缺点更是缺点。

我想，这应该是造成他们感情裂变的关键吧！一个中年以后

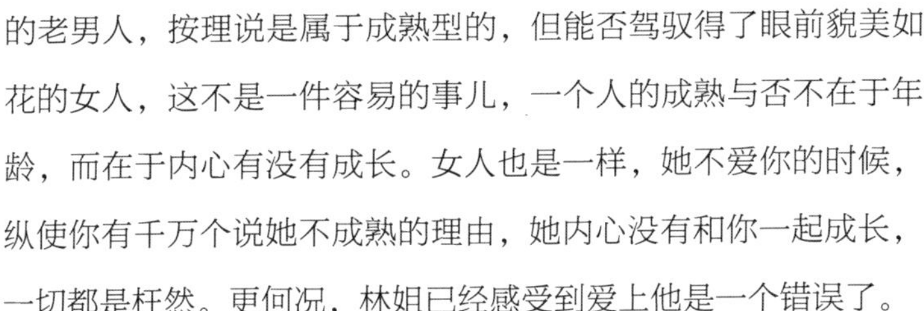

的老男人，按理说是属于成熟型的，但能否驾驭得了眼前貌美如花的女人，这不是一件容易的事儿，一个人的成熟与否不在于年龄，而在于内心有没有成长。女人也是一样，她不爱你的时候，纵使你有千万个说她不成熟的理由，她内心没有和你一起成长，一切都是枉然。更何况，林姐已经感受到爱上他是一个错误了。

林姐也的确很苦恼，但她很快就决定结束这段婚姻，痛快地去追求下一段感情，那种说放手就放手的性格，让人觉得——真狠啊！

迈入中年的林姐经历了太多感情，她的每一段讲述都让我刻骨铭心。到后来，一切尽在不言中，我都可以看出她经历一段感情前后的变化。林姐在我面前，显得那么成熟，那么睿智，完全可以当一名情感专家了。这是情感磨砺的结果，有的人越磨砺越失去信心，不再相信爱情，而有的人越磨砺越老练，直到有一天，呈现出神采奕奕的光芒。勇敢地开始，勇敢地结束。这难道不是一种生命的成长么？

我喝了一口咖啡，说我能想象这些年你一路走来的苦。当然，这些苦一定不是只有她才尝过，我相信世间很多人都尝过。苦都一样，不一样的是我们在苦过后，所呈现的状态。幸运的是，林姐的苦过去了，她告诉我说，年底就会结婚，将来会好好过日子，守着一个人一生一世。

就这样，林姐在一次次勇敢开始，然后又勇敢地一次次结束后，终于找到了属于自己的那份感情。她不念过去，只是不想被羁绊；她不念过去，不是不思量。在一个个勇于开始和结束里，她学会了成长，最终的她心怀光明，努力前行。我们都要去相信，勇于开始，也勇于结束才是完整的人生。一开始的时候，我们不是都想幸福快乐吗？可后来人生有了残缺，但不要紧，那些把往事搞丢了的人，才能找到新的完整。

因此，即便曾经痛苦又何妨？况且，痛绝对不是我们人生的全部，人生中一定还有很多其他的味道。不是吗？

我们爱过又忘记，想到就心酸

岁月给了感情延续的时间可能，可它却没有在当时告诉我们哪些感情应该去坚守，哪些感情绝对不要去触碰。爱过就好，不过是我们的自我安慰、一厢情愿罢了。

写下这个标题之后，我陷入了沉思，我们爱过就好，是真的好？还是话反着说，又或者是其他？也许答案并不是最重要的，重要的是那个过程中最复杂的感受：爱过就好，这些还得从缘分存在的意义说起。

缘分是什么？在我看来，不过是两个原本毫不相干的人突然有一天有了某种联系，继而有了进一步发展或者在一起的可能，甚至彼此找到了亲近的理由，我们称这样的理由为缘分。

不管是哪种解释，如果将爱过就好放置在过去，有一点可以肯定，他们对于这段感情的认知是一致的，也就是说再相恋的两个人不能长相厮守，只能放弃对方的感情，他们认为既然两个人走不到一起，那至少曾经爱过。于是，我们曾听到恋人们说："不能在一起又怎样，我们爱过就好。"可是，不知道为什么，我总觉得这样的缘分属于孽缘呢？

* * *

说一个听来的故事，兔子小姐在不久前经历了一场轰轰烈烈的狗血的爱情，她爱的不是帅哥也不是土豪，而是一个比她大20岁又有家室的其貌不扬的男人，两人的相遇完全可以用孽缘来解释。

兔子小姐中专卫校毕业已经有两年了，由于不愿意在老家小城镇工作，就一直在家闲着。一个人如果赋闲太久了，周围的人就会影射性地说三道四。兔子小姐觉得自己不能再这样在家啃老了，于是决定出去闯一闯。她来到了深圳，结果连续几天找工作都失败了。不是找不到工作，而是心高气傲的她拒绝了小企业的招工，拒绝了店员、洗头工、按摩师之类的工作。

兔子小姐有些吃不消了，她在迷茫中来到了一家网吧。都说网吧是交友的好地方，兔子小姐在心灰意冷中遇到了一位狐狸先生，这位先生成熟的特征尤为明显：一、成熟，即熟男，鼻子和下巴有浓密的胡子；二、说话口音和兔子小姐差不多，在经过一番交谈之后，两人确定为同乡。

有了以上两个特征，兔子小姐和狐狸先生自然轻车熟路地成了朋友，但当时兔子小姐忽略了一点，狐狸先生是一个有家室的男人，而她又偏偏喜欢成熟的男人。狐狸先生出现得颇为及时，不愧为老狐狸，在他得知兔子小姐急需一份工作的时候，成熟男人的魅力再次得到了充分的展现，狐狸先生把她介绍到了自己所在的公司。现在工作的事情解决了，但住房的问题还是悬着，狐狸先生又帮忙把这个问题给解决了，在郊区租了一个小套房。就这样，兔子小姐在这个城市安定了下来。

接下来事情的发展并不复杂，我可以简化为三点比较完整的表达。一、一如既往的表达关心和照顾，包括日常生活上，和在异乡的孤独感；二、发生突发事件，诸如生病之类的，让对方感动万分；三、感动逐渐转化为一种爱的感觉，这时候如果把控不好可能就要出事了。然而事情真如以上三点所说，非常狗血。

话说有一天，兔子小姐生病了，头疼得厉害，全身一点力气都没有，一个人拖着沉重的步伐到医院打吊针，此时一个人躺在病床上所产生的孤独感达到了顶峰。兔子小姐心里想着，要是此时有个他来陪陪我该有多好。可是，她在这座城市里没有一个亲

人，也没有男友。正想流泪的时候，手机铃声响了起来，声音很熟悉，是狐狸先生打来的。

兔子小姐的眼睛里闪现出一抹异样的光芒，觉得还是成熟男人好，细心体贴。兔子小姐竟然莫名地心跳加快，再加上感冒的人本来脸就有点红，看来一个人的孤独感越强烈的时候，她的感情空缺也就越明显，这个时候一旦有可以填充内心孤独空缺的人出现，就会像磁铁那样深深被吸引。

当狐狸先生及时地出现，并给予行动和言语上的关怀，有那么一刻两人短暂的对视，尽管无语，却早已说明了一切。回到家里，兔子小姐细细地回味在医院里发生的一切，不放过任何一个细节，言语、表情、动作、声音，沉浸其中，不可自拔。

几天之后，兔子小姐病好了，心情也不错，为了感谢狐狸先生的悉心照顾，决定约他到茶楼去喝茶。狐狸先生欣然答应，那天晚上他们聊了很多。特别需要说明的是狐狸先生跟兔子小姐说了许多的真心话，他告诉她，自己的婚姻是亲戚介绍的，他跟现在的老婆一点感情都没有，根本就谈不上爱不爱的，更多的是一种家庭的责任，现在因为有了孩子，只好凑合着过了。

就算不知道这个故事前因的，也会知道接下来狐狸先生的套路。他大肆地倾诉自己的苦闷、悲伤、不幸福、渴求真爱。果然，兔子小姐开始同情狐狸先生了。

过了些时日，狐狸先生请兔子小姐到酒吧喝酒，那一天兔子小姐将自己打扮得妩媚动人。两人在舞池里舞动着，而后他们越跳越近，跳着跳着，兔子小姐不自觉地把头靠在了狐狸先生的肩膀上。她的内心发生着激烈的振荡，可能是有些累了，也可能是生了好几天的病还没有完全康复。兔子小姐的这番举动，引起了狐狸先生的强烈反应。他就像是在不幸婚姻中抓住了一根救命稻草一样，一旦抓住，拼死不放。

他们越抱越紧，而更要命的是狐狸先生做出了更为出格的举动之后，兔子小姐居然没有拒绝，狐狸先生将一只手搂住了兔子小姐的腰部。舞池里有很多摇曳的身影，谁也不会在意他们的这番举动，只有他们自己知道，并各自感应。这一晚，他们在酒吧待了很久，然后去了酒店，接下来的事情几乎是水到渠成了。

男人最怕后院起火，而偏偏又有一句俗语，世上没有不透风的墙。于是，兔子小姐和狐狸先生的地下情终于见光了。

狐狸先生的老婆大为光火，其具体经过如下：一、指着鼻子骂、吵闹中摔盘子、砸玻璃，关上房门久久不出来；二、丈夫赶紧拉住，点头哈腰，做出保证不再犯的许诺，妻子稍稍息怒，在丈夫的嘴皮子功夫之下，逐渐消气、松口，让丈夫立誓下不为例；三、狼改不了吃羊的本性，男人继续冒着危险去幽会；四、再次被曝光。女人发出最后的通缉令，男人彻底蔫了；五、为了证明自己的确不会再纠缠下去了，狐狸先生和兔子小姐最后一次生离死别时，一再强调爱一个人不一定要长相厮守，最后还不忘再缠绵一番。

故事的结尾，兔子小姐相信了狐狸先生的话，后来她又将这句话换了一种更矫情的说法：多年之后回味往事，他只是说我们爱过就好。

* * *

我相信爱过就好，可我不相信这是真的，因为大多数情况下，爱过就好不过是我们的自我安慰，一厢情愿罢了。岁月给了情感延续的时间可能，可它却没有在当时告诉我们哪些感情应该去坚守，哪些感情绝对不要去触碰。这是岁月的残酷性，还是我们作为人的盲目性？我想，后者的可能性更大，而且我还要说，爱过就好，要看什么样的爱会让我们什么都好，爱过就好要看那个人值不值得我们去爱，明知道没有好结果还要只身去冒险，这就是错误。

没有那么多的理由去为自己过往的荒唐辩白，我们唯一能做的就是怀着一种真诚、客观、剖析自我的心，让爱过就好真正是爱过就好！

花儿与少年，爱情与岁月

我们仍旧坚信爱情季节里会有满载而归的秋天，就算年景不好而歉收也没关系。因为，我们坚信的不是爱情季节里会有秋天，而是坚信自己会为了秋天而不顾一切的信仰。

* * *

《四季歌》是青海一带的民俗情歌，曾被改编成歌舞剧《花儿与少年》。“花儿”和“少年”分别代表情窦初开的少女和少男，两者加在一起就意味着爱情。歌词通过对四季景色和人物心理的描写，写出了女儿家对小阿哥的爱慕之情。

随着季节的更替，《四季歌》里女儿家的爱慕之情由浅及深，逐渐变得焦急，尤其是秋天那句“扯不断情丝长”，让人能够切身体会到女儿家的相思之苦。

我们每个人都是那个看着风景、等着爱人的女儿家，又都是那个不知什么原因迟迟没有出现的小阿哥。我们的爱情也是有四季的。但是，我们的爱情里的季节和《四季歌》里的春、夏、秋、冬不同，爱情的季节不受时间的限制，可以今天是春天，明天就是冬天；也可以上午是秋天，下午是夏天。

爱情的季节每一刻都瞬息万变，每一次季节的更替都是爱情、时间以及现实的交错。没有对方消息的时候，爱情的季节是寒冬，让人在冰天雪地里瑟瑟发抖。一旦爱人出现，爱情的季节立马春暖花开、鸟语花香，寒冬季节的气息连同痕迹都消失得无影无踪。

这就是爱情的神奇力量，它虽然改变不了气候，但可以改变我们内心的季节。爱来之时，寒冬也是早春，爱去之后，三伏天心里也会结冰。这是好事，也是坏事。好事是因为爱来之时可以赋予我们莫大的力量和勇气，让我们自信且开朗，做起事来像拧足了发条一样；坏事是爱离去之后我们会被抽走许多生气，甚至郁郁寡欢、惶惶不可终日，总觉得心里多了个缺口，做任何事都犹豫不前。

也许爱情本就是分季节的东西，一如季节更替。有阳光妩媚的春天，就注定有万里雪飘的冬天；有晴空万里的夏天，就会有五谷丰登的秋天。一旦遇上旱年灾年，夏天里不是洪水就是干

旱，秋天颗粒无收也说不定，冬天遇上雪灾更不必说，就连那些来不及迁徙的鸟儿都得饿死、冻死。

爱情的季节也是如此，你在春天里埋下一颗种子，说不定一回头一只野兔子就把你的种子当成美餐“消灭”了。你还傻傻地祈祷着，希望种子生根发芽、开花结果；就算发出芽来，突然跑过来一只小鹿将小树苗连根拔起，你的祈祷又落空了；说不定夏天发洪水，小苗还没开花就被泥沙卷走了；也说不定等到秋天的时候，你才发现爱情好像多年生植物，第一年只开花不结果，还得熬几年；接着就是冬天了，满世界都是冰雪，树苗的影子都看不到，有人选择转身离开，有人选择继续等待，离开的自然不会有结果，然而等待的也不一定能看到来年树苗冲破冰雪再一次勇敢地站立。

但是，如果爱情遇到冬季时我们就选择转身离开，那一定不会开花结果。如果我们选择继续等待，也许永远都看不到期盼中的小苗；也许春暖花开的时候你就会看见它的脸，比之前更沧桑、更坚实。这就是爱情的季节更替，让人捉摸不透，也许冬天之后还是冬天。但我们绝不能选择在冬天里离开，一旦做出这样的选择，那被埋在雪地下的爱情的树苗就会被永远埋在下面了。

爱情春风得意的时候像春天，微风拂面、春光和煦，心中相思的草在疯长；爱情失去热情的时候像是夏天，看似充满阳光，阳光却是毒辣的，随时有被灼伤的可能；爱情修成正果的时候像秋天，以往的付出终于得到回报，长成了黄澄澄、沉甸甸的果实；爱情的低谷就是冬天，浩瀚的雪景给我们的感觉不是壮阔而是悲伤，爱情就像“雪盲症患者”一样在雪地里迷失了。

总有一天会春暖花开，总有一天会硕果累累，这就是我们在寒冷的冬季和灾害天气里苦苦支撑下去的理由。我们相信付出总会得到回报，与其这样说，不如说我们把爱情当成一种信仰，心甘情愿地为之付出，无比虔诚地为爱苦修，这就是心里明知道爱情的付出不一定有回报却又不肯承认的原因。

也许你会问，人为什么这么傻？因为，我爱你。

爱情就是这么简单，在爱情面前，困难也会变得简单。这样的爱情是一把钥匙，可以打开世界上最牢靠的锁，开启一扇你意想不到的门。门后面的东西，除了爱情之外，可能还有很多。

* * *

E先生就是这样一个用爱情的钥匙打开了一扇门的人。

E先生是一个毫无想象力的“铅笔头”，做事古板、马虎，

他做什么事都让人放不下心。所有人对他的第一印象是这个人遭受了怎样的不幸，居然把世界上所有不受欢迎的性格特点集于一身，看着他的时候内心总是忍不住泛起一丝怜悯。

认识E先生是在成都的一家影视公司，当时，我以为我这样的学计算机的工科生通过影视公司的面试已经很不可思议了，但他来影视公司面试的理由更是不可思议。

你们猜他是干什么的？他是学金融的。他之所以来影视公司是因为遇到了一个心仪的女生，当时他觉得这个世界都完了，但瞬间又让他觉得这个世界都获救了。

事实上世界没有因此获救，获救的只是他个人。工科金融男的特质在他遇到那个女孩儿的一瞬间消失得无影无踪，就像国产的木质铅笔头也变得像进口钢笔那样充满想象力。

因为和女孩儿同去参加一次社会实践活动，他们十几个活动成员被拉进了一个聊天群。仔细观察之后，他发现群里只有女孩儿一个是本地人。而学校所在的地方盛产芒果，他就问，群里有没有本地人啊，哪个水果市场的芒果好吃又便宜啊？女孩儿果然着了道，老老实实地回答了他的问题。

他跟女孩儿说了许多话表示感谢，并且通过其他方式进一步致谢。这时候，傻子都能看出端倪了。无事献殷勤，那肯定就是因为爱情了。他的春天来了。

后来的社会实践活动，他表现得非常积极，像个贴身保镖一样，给女孩儿撑伞，帮忙提东西、扔垃圾……他不放过任何在女孩儿面前表现的机会。社会实践活动结束的时候，他以为夏天之后应该就是秋天了。但爱情季节的顺序往往不是春、夏、秋、冬，秋天有时候甚至不在爱情季节讨论的范畴里，因为爱情不一定会有结果。

在爱情的冬天里，他的生活变得跟夏天一样烦闷无比。但这就是爱情，有春天就会有冬天，有冬天却不一定有秋天。女孩儿并不领他的情，在他的热烈追求下，果断地拒绝了他。E先生说，我不后悔，我得到了一个爱情的符号，那就是芒果。芒果在E先生心中就像图腾一样，恐怕永远都无法抹去了。

* * *

很多人都有跟E先生类似的经历。明明以为可以得到，偏偏莫名其妙地飞走了，不见了，就像徐志摩说的那句“诗人都是痴鸟”一样，还没得到的时候就失去了。

不管怎样，我们仍旧坚信爱情季节里会有满载而归的秋天，就算年景不好歉收也没关系。因为，我们坚信的不是爱情的季节里会有秋天，而是坚信自己会为了秋天而不顾一切的信仰。这就是我一直爱你的原因，这是爱你的《四季歌》。

一辈子那么长，谁没爱过几个人渣

在爱情的国度里，在人的内心感情最纯粹的地方，那才是我们最脆弱的地方。不是我们很容易受骗，只是我们恰巧在这个时候遇到了人渣。

你爱过的人渣几乎都是骗人的高手，如同赌场里的职业老千，非常厉害。光良有一首歌叫《童话》，我最喜欢里面的一句歌词：你哭着对我说，童话里都是骗人的。这哪是歌词啊！简直就是至理名言。

小时候，我们都憧憬过许多美好的童话，长大后似乎不那么相信童话了。这的确是真的，不是我们不愿意相信童话，只是慢慢地发现童话中的故事总是被残酷的现实所遮盖。

年轻的时候，我们都在憧憬着美丽的爱情，特别是遇到的第一个人。有一项非官方的统计，大意是说初恋几乎都不会成功，这未免太过绝对。有人说，之所以初恋少有成功，是因为你爱的那个人是人渣。当然，我倒以为这个人渣需要加上引号。

我赞美那些难得有爱的人，更赞美会对爱进行自省的人。同样，我也羡慕那些美丽的爱情，若能遇到，那便是幸福中的幸福。

* * *

前几天，知道了虹梅的故事。她说真爱降临到她身上了，等了这么多年，终于遇见一个值得托付终身的人。这真是天大的好事，姐妹们纷纷送上祝福，她自然也是高兴得合不拢嘴，走路胸脯都挺得高高的。后来，我们在QQ上聊，无意中说到她现在爱着的那个男人。于是，她自然地讲起了她的爱情故事。

虹梅那么幸福地表达，听的人非常感动。她说的那个他宁愿放弃优越的工作，只为了和她在一起，还说金钱在爱情里一文不值。这些爱的表达太美，美得让人不知所以。然而，我这人有时候就是嘴贱，巴心巴肝说真话，得罪一大帮人。我对虹梅说这事是不是应该斟酌一下啊！一个大男人放着优越的工作环境不要，到另一个小城市和你在一起，他脑子没问题吧！又或者，他完全可以接你过去呀！

APOLLO

8
9

PHOTO BY 巧不克力

虹梅撩了一下头发，说，你不懂，他原先做错许多事，现在是浪子回头，只想找一个真爱的人过日子。顺便交代一下，虹梅芳龄二十，满嘴都是爱的童话。这也难怪，她家庭环境也算好，只是性格不算很开朗的那种。虹梅对我的话不以为然，说我心态不好，然后给我上了一堂爱情哲学课。

我只好说，你说的都挺有道理，我也很希望如此。可虹梅与那个他的相遇是在网络游戏里，我的意思是：他们是通过打游戏认识的。可是，这世上有哪个拥有优越工作环境的男人大白天不工作，一天到晚泡在游戏里啊！不要怪我嘴贱，年轻的时候有段时间我也时常泡网吧打游戏，QQ上瞎聊，那是真的没事干，徒费光阴。或许是因为有这些经历，让现在的我特别害怕光阴流逝。虹梅那么自信地爱上一个能说会道的人儿，我不是要泼人冷水，这事怎么越看越像是一个少女般的爱情童话故事呢？但我现在若是一股脑儿地打击她，说不定会适得其反。

其实，被骗这件事儿，我是说感情世界里，那些我们年轻时爱过的人渣，他们真的很厉害，他们是典型的爱情杀手。

去年听一哥们讲一部电影，当然也是我很想看的一部电影，《志明与春娇》。和这哥们一样，周围的人都说张志明就是个人渣，特混蛋。可感情这事，就算对方再渣，再混蛋，如果你不可

救药地爱上了，他是什么样或许都不重要了。所以，常听饱经沧桑的人说，年轻的时候，谁没爱过几个人渣呢？这话实在，更何况，爱一个人，就会变成他。然后，在那么长的时间里依然继续爱着这个人渣。很多时候，我们会说爱一个人很累，特别是你爱的那一个是人渣级别的。那时候，你也许会说找一个成熟稳重的“大叔”好好过日子得了，可当“大叔”出现的时候，我们依然无法接受。这就是人渣厉害的地方：爱上他，就算一开始就知道过程的艰辛和结局的悲惨，也要继续爱下去，不停地麻醉自己，欺骗自己，给自己制造一个又一个美梦，期待有一天人渣会变好。或许，这就是飞蛾扑火最好的诠释吧！就像某些虐恋，明明知道没有结果，还那么歇斯底里，仅仅是因为“我爱你”啊。

那些和人渣正在爱着或者爱过了的，是选择继续骗自己，还是到了想安定下来的时刻，有个大叔级别的男人就好好在一起生活了呢。这个无法评定，人有很多种，路同样有很多条。但我知道，至少每一个爱着人渣的女孩，早就成为很厉害的纯爷们了。

虹梅的故事还在继续，但愿她爱上的那个人不是人渣。

* * *

另一个叫杨乐的女孩儿，23岁的她和一个看起来阳光灿烂的男孩陈鸣相识了。

陈鸣属于典型的天蝎座，他有着比较悲惨的家庭遭遇，私生子的他至今连父亲长什么样子都不知道，并且家庭条件也不好，母亲很少管他，不是打牌就是和一些不三不四的男人鬼混在一起。可想而知，身处这样的环境，他成长的经历是怎样的了。杨乐说他性格有严重的缺陷，然而，她也没想到自己居然爱上了这样一个心灵残缺的人。

我问她为什么，她说自己也说不清楚，只是觉得他很悲惨，需要自己保护。她还说，男孩时常抱住她就抱头痛哭，撕心裂肺的。我说，你是怜悯他还是同情他，她说挺乱的，说不好，只知道他容易走极端喜怒无常，并且发怒的时候特别恐怖，人也很消极。但大部分的时候还是很听我的，在我面前就很乖， 在一起有三年了，期间我多次劝他找点事情做，有一天，他忽然说不如我们结婚吧。那一刻我很感动，说好。 我想他是不是真的改变了，可几次找工作下来都失败了。于是，原本就很脆弱的自信在顷刻间被击溃。再加上一直没有什么积蓄的他，很快就陷入身无分文的窘境。杨乐说到这里的时候，深深地叹了一口气。

我看着她，插话道："然后，你就开始为他支付各种账单？"

她点点头，又接着说，其实他也表现得很努力去找工作，但人却越来越消极。那个时候，我也不富裕，但至少我有工作，直到有一天，我们吵得不可开交，他动手打了我，还说我看不起他，要分手。可不知道为什么，居然没有分成，他给我下跪，请求原谅，我的心再次被击溃了。因为，之前我们也闹到分手的地步，但没有这次严重，可我就是下不了那个决心。

我继续听着，没有言语，我想，这样一个女孩看起来就是一个浑身散发着母性光辉的可人儿，为什么就偏偏爱上了一个人渣呢？

杨乐继续她的讲述，她说有一天下午，从公司出来，顺便回家拿点资料，走到小区门口的时候，没想到看到了让人震惊的一幕：陈鸣居然牵着一个女人的手亲密地聊着，而那个女人竟然是她的一个姐妹。"我惊呆了，本想冲上前去大闹一番，但我没有，我想着这是不是误会，打算再看看，于是我赶紧闪躲，一路跟踪。说真的，现在想起来，真的很搞笑，我居然为了这样一个人渣去跟踪他。"杨乐说这话的时候，眼神中有一丝泪光划过。是的，这事的确挺可笑，更可气。她一路跟踪，没想到那个人渣和自己的姐妹进了一家酒店。到这时候，她彻底明白了，肺都要气炸了。

“后来怎么样？”我问道。

杨乐说，回去后大吵大闹了一下，突然觉得自己真的好傻。“那段时间，我把头发剪短了，哭得昏天暗地，但我还是硬撑着到公司上班，实在撑不住的时候，就一个人跑到厕所里悄悄地流泪。后来，我离开了那座伤心的城市，坐在长途汽车上，我听到一首歌，让我伤恸欲绝。”我问她是什么歌。她轻轻地哼了起来：“想起从前那些甜蜜的场景，如今已是一片冷漠的表情，再也找不回曾经的感觉……离开伤心的地方，离开伤心的地方，忘了你这个负心的郎……不再为你牵挂……”是韩小薰的《离开伤心的地方》。我们年轻时候爱过的人渣啊！你到底伤了多少女人的心。

* * *

杨乐的故事听得我心里酸酸的，没有一丝甜味。

其实，在爱情的国度里，在人的内心感情最纯粹的地方，那才是我们最脆弱的地方。不是我们很容易受骗，只是我们恰巧在这个时候遇到了人渣。而人渣最遭人恨的地方就在于他正好出现在爱情即将消失的时候，他那么煽情地俘获你的心，然后又那么

绝情又肆虐地伤透你的心。

其实，人渣很好识别，每个谎言都有漏洞，只不过我们受到欺骗的时候却不愿意承认，说到底，这简直是自欺欺人的表现。

年轻时爱过的人渣，到底该怨谁呢？

再美也美不过想象，再暖也暖不过平淡

我们总抱怨得不到一段好姻缘，那是因为我们的耐心不够。世界上好的东西，尤其是好的感情，有些是需要我们去等的，而有些是需要我们去悟的。

* * *

我一直相信世上有一种感情叫“不搭调”，正因为“我”不搭调，才会有磨合，才会有很多平凡的美好。不搭调就像一双不是那么搭配西装的休闲鞋，可是当你走了很长很长的路，就会发现还是那双休闲鞋最让人舒服。

贡嘎觉得自己这些年过得很苦，所以一有时间就找朋友诉苦，以至于朋友们对他的诉苦都麻木了。当然，他自己可能也麻木了，至今还和韩璐生活在一起。

贡嘎长得瘦长瘦长的，他动作麻溜，走路像一阵风。年轻的

时候喜欢踢足球，有一次在县级足球运动赛中担任前锋时摔了一跤，从此就瘸了。

贡嘎其实长得不错，只因这次事故成了瘸子。这也直接影响到他后来谈对象，每次都是刚一见面，对方就走了。30岁那年，贡嘎终于结束单身，女朋友胖胖的，性格大大咧咧，嗓门极大，她就是韩璐。两人走在一起的时候，那种对比鲜明的画面感立刻就彰显了出来。

韩璐很爱贡嘎，那种爱是汹涌又浓烈的。她甚至幻想这样一个场景：如果让时光倒流，韩璐也出现在那次足球运动会上，并且担任啦啦队的队长。贡嘎又崴脚了，她以迅雷不及掩耳之势扛起他就飞奔至医院，经过医生一番处理，他的腿上打满石膏，躺在床上迅速变胖，她趴在他腿上哭得跟泪人儿似的，那些止不住的泪水浸湿了他的双腿，贡嘎感动得嗷嗷直叫。几月后，她就怀上了他的孩子。

然而，起初贡嘎并不怎么感冒韩璐，但韩璐的梦想却成真了，并且亲眼看到贡嘎摔倒，她第一个冲上前去， 扛起他就飞奔到医院。

后来，韩璐对贡嘎说起她的“梦想”。贡嘎气得破口大骂，说你这乌鸦嘴的狗屁梦想，可害苦我了。韩璐低下头去，妩媚一

笑，随即奉上热烈的一吻，从此变身“贴身侍女”，甘愿为他跑前跑后。

然而贡嘎没有觉得不好意思，他觉得自己变成这样都是韩璐害的，她照顾自己的这条伤腿也是理所当然。

有一次，贡嘎生病了，正躺在床上叹着气，说自己命不长了，什么时候能有一个“小贡嘎”啊！结果韩璐狂吼着飞奔过来，惊起一阵风，“闭上你的乌鸦嘴，身体会好的，‘小贡嘎’也会有的。”吼完就哇哇地哭了起来。

那一刻，贡嘎突然感觉全身充满力量，觉得自己其实也挺幸福的。他瞅瞅自己的瘸腿，瞅瞅坐在他眼前的韩璐，尽管没有“香香公主”的温柔娇美，可毕竟也是杏眼明亮，肩宽臂壮，最重要的是对自己坚守如一。

贡嘎吃力地坐起身，靠近韩璐，擦拭着她脸上残留的眼泪，然后给了她一个大大的拥抱。韩璐被这突如其来的举动弄得不知所措，她有些不适应，好半天才醒悟过来，大大咧咧地笑着，接着双臂一用力，只听贡嘎一声惨叫：“嗷……疼！”

三个月后，贡嘎的身体恢复如初，行动自如，当然，腿还是瘸的。贡嘎下床的一瞬间感觉脑子特别灵光，身体开始接受大

脑的呼应和使唤了。他扶着墙小心翼翼地走着，然后试着不用扶墙，他“哇”了一声，接下来朝门口走去。打开门的瞬间一道亮光照射进来，他眯着眼，一种重见天日的感觉袭上心头，脚踏实地的感觉真好。

他看见韩璐正无聊地看着电视，一下子呆住了。原来，他说过不想被人打扰，身体需要休息。她真的不去打扰他了，连看电视都将音量调到最低。

贡嘎咳嗽了一声，韩璐呼喊着站起身，贡嘎吓了一跳。

“身体恢复了，不错嘛！”韩璐使劲地拍了一下他的肩膀。

贡嘎“哎哟”一声，身子不听话地蹲了下去。韩璐吓坏了，忙说对不起。贡嘎突然哈哈大笑起来，在韩璐一脸茫然之际，猛地站起身来说了一声“骗你的”。韩璐有些茫然，嘴巴张成O形。贡嘎让她把嘴闭上，然后捏着她的下巴，说：“我想要‘小贡嘎’了。”

* * *

这是我见过的最值得记录的爱情之一了。

虽然，韩璐曾感叹“再美也美不过想象”，但是爱情开花结

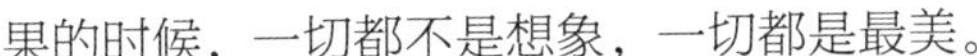

果的时候，一切都不是想象，一切都是最美。

某个周末，韩璐回忆当年往事，她依然大喇叭似的说自己是一个为爱献身的坚守如一者，说这话的时候，我看到她脸上那种掩饰不住的深情。以前我总排斥各种狗血的爱情，觉得这世界上太少有天长地久，一切都是会变的。但贡嘎和韩璐的故事无疑给了我一记响亮的耳光，振聋发聩。

我们总抱怨得不到一段好姻缘，那是因为我们耐心不够。世界上好的东西，尤其是好的感情，有些是需要我们去等待，而有些是需要我们去悟的。

我们总希望自己的另一半符合自己心中所想，配得上那自以为是的美好，我们排斥所有的“不搭调”，排斥那些不搭调的人与爱情。可是，事实告诉我们，就算是不搭调，也不会妨碍我们拥有幸福，不会妨碍我们遇见那个最好的人。

不搭调的，或许只是我们那颗浮躁不安的心。

他的黑夜如海，寂寞也如海

寂寞里的爱只是痛苦过度产生的幻象，一旦痛苦过去，幻象也就破灭了。

* * *

在KTV里，很多人都唱过那英的《白天不懂夜的黑》：“你永远不懂我伤悲，像白天不懂夜的黑……”这一次，我听到一个寂寞男人寻找温暖之家的故事。

他说他的黑夜如海，寂寞也如海，我们都是飘在其中的浮尘，看不到海岸和灯塔，只能凭着感觉寻觅方向。他悲观地认为，也许这种方向我们下一秒就能找到，也许我们在这之前早已经错过了，再也找不到了。谁也不知道寂寞的深度，谁也不知道海洋的深度。你和我，终归只是海洋的一部分，也许我们自己本身就是海洋，只是看不清自己。

可我不那么认为，谁都会寂寞，但我们不要因为寂寞而犯了迷糊。

* * *

有那么几个在寂寞的海洋里看不清自己的男女，找到了另外一粒浮尘，以为找到了归宿，却不知对方也是在海里飘着的，没有根，也没有归宿。没有归宿的归宿永远都算不上是归宿。

我们姑且称故事的主人公为树先生吧。树先生同城市里一些寂寞男女一样，一个人像狗一样地生活着，白天里拼命用鼻子嗅着食物的气味而为之奋斗，晚上卸下一切负担进入本性的生活。

树先生喜欢去酒吧。他喜欢听着慢摇喝个七分醉，然后找一个角落的座位独自发呆。他发呆的时候，一不小心看见了另一个发呆的美丽女人。两个人一阵热聊之后，彼此有了好感，互相搀扶着走出了酒吧。

这是树先生第N次邂逅的女性了，他认为这是最深刻的一次，他希望有一个温暖的家。但是，他忘了一个很重要的问题，居然认为那个女人也是这样想的，这就是他错得最离谱的地方——天知道遇到的那个人是怎么想的：你们这是彼此取暖？还是相互慰藉？总而言之，有一个人已经陷进去了，无法自拔了。

更有趣的是，树先生感觉自己心里沉睡多年的东西苏醒了。证据是这样的：这是他唯一一次邂逅女人而想要和她有一个结果。很明显，他爱上了她。他心里盛开着的寂寞之树的花凋谢了，他以为这就是结果了。然而，结果却是寂寞之树结出来的果实还是充满寂寞味道的。

那个女人在一段时间的甜蜜之后，毅然决然地选择了离开，开始自己的另一段旅途。而树先生却一直沉浸在那场一厢情愿的邂逅中无法自拔，他相信自己找到了真爱，却不敢相信自己的真爱狠心丢下自己离去了。

树先生辞去了工作，在城市里开了一家叫作“莎菲女士”的水吧。他觉得那个女人就像《莎菲女士》的主人公，无限迷人却无限伤人。他说，等到哪天他的水吧关门了，他的伤也就好了。

* * *

我想，很多人都认为树先生是一个蠢到极致的男人，愚蠢到居然爱上一个在酒吧遇见的女人。怎么说呢？这是一种很复杂的情绪，谁都不忍心去说一个如此专情的男人愚蠢，但是，总不能夸他吧？

寂寞的开始终将以落寞结局。树先生一开始就在夜晚种下了一颗寂寞的种子，不管怎样灌溉，这颗种子长出来的果实必定只能是寂寞的。他的落寞是注定的。寂寞的伤口想在寂寞里愈合是痴人说梦，就算伤口结了疤，里面终究还是溃烂了，到头来还是落下无法治愈的病根。

我们每个人都承认寂寞在寂寞之海里不会有好的结果，但我们每个人都在寂寞的时候去寂寞之海里泡着。这样的寂寞种子怎么能长出爱情的果实呢？一时的痛快过后注定要付出更多、更深刻的悲伤。寂寞里的爱只是痛苦过度产生的幻象，一旦苦痛过去，幻象也就破灭了。

苦海无涯，回头是岸。夜色降临的时候，我们会感到寂寞，但绝不能为了片刻的慰藉而沉入苦海，更不要在苦海里沉沦。

谨以此文献给每一个寂寞树先生。

如果杜十娘爱上许仙会怎样

好人的好，坏人的坏，在一起，或分离，我们都无法去左右。因为，杜十娘时时有，许仙也不缺。

* * *

Amyl说，杜十娘会爱上许仙。打死我也不信。

Amyl还说，只有好人才会寝食难安，坏人都睡得“美洋洋”。我摇头，表示疑惑。

后来，Amyl补充说，这都是一个好人安慰另一个好人时说的话。我听后，有些感慨，其实，这世上哪有一竿子就打死的坏人呢？事情的真相是，很多人都不够爱自己或者不把自己当回事罢了。

的确是这样的，我们没有必要去定义什么是坏人，我们可以多去想想什么是好人。况且，就算我们心里嘴里念念不忘的那个坏人，不也曾经对你很好吗？否则，你早把他搁置到九霄云外去了，哪还能像和尚念经一样唠唠叨叨地把他挂在嘴边，去数落他的坏？

这样说，肯定有人执拗地反对。那不妨来讨论一下让我们不能忘怀、不能舍弃的坏人。首先，他绝对不是十恶不赦之人，他之所以坏，只不过是在某一段时间、某一件事上让你难受了，可他又不是发自内心想要这样，他不过是在不应该的当口扼住了对好人而言很在乎的东西而已，然后，他还不以为然地觉得这很平常，抑或理所当然。比如金钱、真诚的情感、物质，以及对别人的在乎、功名等等。

以上这部分内容，绝不是我要为被称之为坏人的人辩护，我也不可能充当他们的律师。但这样的人的确在生活中存在。比如在一段关系中的友情、爱情、同事之情……

在两人感情交往中，不够爱的那个人是很容易蜕变成坏人的。而好人呢？因为他们太好，包容、贴心、掏心掏肺……纵容出一个又一个的坏人行径和脾气，比如傲娇、贪吃、见利忘义……

所以说，哪有什么一竿子就打死的坏人。好人越好，越对那个他一个劲地示好，那个他成为坏人的可能性就越大。这就叫作好心作滥。

* * *

那——许仙是坏人吗？他是坏人，他是负心郎，他老婆白素贞是美艳动人、痴情又感恩的情种；而许仙呢，一个让老婆为他生、为他死、为他而战斗的人，居然一无所成，还把老婆给出卖了，他当然是坏人。

至于杜十娘是好人吗？她是好人。她曾为青楼女子，深受压迫却坚贞不屈，为摆脱逆境而顽强挣扎，将全部希冀寄托于富家公子李甲身上。她有错吗？没有，她更是一个大好人，不幸遇到一个小流氓李甲。李甲既“迷恋十娘颜色”，又“惧怕老爷，不敢应承”，这个小流氓坏透了。

有时我在想，如果杜十娘爱上许仙会怎样？因为大多数人都是在颂扬杜十娘，她就是一个大好人呐。Amyl也是一个感情里的大好人，她的故事就属于“杜十娘爱上许仙”一类。Amyl到底有多好呢？

Amyl常在工作繁忙的日子里，还要马不停蹄充满关爱地为她的老公做饭，同事们曾打抱不平地说：“你也太惯你老公了吧！”Amyl却笑容可掬地说：“这难道不是应该的吗？”这算是很好的女人了吧！也很真诚，以至于旁人想说点什么也无法开口。

对一个人的好，是应该的。可有那么一部分人就那么浑蛋，如果不对他们好，还要是溺爱的那种好，就会很容易失去他们。究其原因，还是他们太浑蛋了。因为，你若不溺爱的话，他们极有可能掉头就走。

Amyl是杜十娘，她的那位花田错先生就是许仙。他们结婚三年，三年时间里，Amyl就像照顾婴儿一样，对他溺爱到无微不至。有一个周末，Amyl和花田错先生待在家里没有外出，两人坐在沙发上看韩剧，Amyl正准备起身拿苹果，削好喂花田错先生的时候，花田错先生接了个电话，按照平时接电话的状态，应该是平和、随性的，但这一次他居然失态了，磕磕巴巴的，说起了不太流利、蹩脚的粤语。Amyl觉得有些奇怪，就嘟囔着嘴说了几句。

花田错先生在挂断电话后，脸色有些难看，Amyl觉得自己可能是多疑了，正想说些什么的时候，花田错先生说："我要出去一下，晚饭就不在家里吃了。"

Amyl说："周末就别出去了嘛！难得一家人团聚。"

花田错先生迟疑了一下，说："是和一个客户吃饭，广东的，谈生意上的事。"

Amyl"哦"了一声，没有再说什么。

我觉得这样的对白真的很假，其中肯定有问题。但Amyl这人太好了，好得让人感动。以至于我想说出"有你哭的时候"都不忍心。花田错先生十有八九是玩儿去了，陪客户吃饭、谈生意只是借口而已。

晚上十二点，花田错先生一身疲惫地回来了。Amyl没有睡，她觉得自己的老公真的很辛苦，她应该理解他，应该对他更好。这时，躺在床上的Amyl穿着性感的内衣看着书，花田错先生洗完澡便一头栽倒在床上，看起来的确是累的样子。Amyl放下手中的书，俯身给他按摩。按摩的时候，花田错时不时"嗯"地发出声，看来Amyl的按摩技术不错，她想着和花田错先生很久没亲热了，内心一阵阵地涌动，脸颊泛起红潮，但花田错先生却有气无力地说："你好好按嘛，我真的很累啊！"

Amyl的心就像夏日里的火焰被突然泼了一瓢大雨，再看看自己穿得那么露骨，不晓得怎么地，忽然感觉自己非常下贱。Amyl停止了按摩，然后侧身就睡，眼角却不经意地淌出了眼泪。

第二天早上，花田错先生起床的时候，Amyl已经做好了早餐。两人坐在一起吃饭，电话响起了，花田错先生拿起电话接听，跟昨天一样，磕磕巴巴，不太流利、蹩脚的粤语。Amyl不晓得哪来的怒火，一改往日的大好人形象，大声质问、尽情发泄。

Amyl曾信誓旦旦地以为花田错先生不会做出背叛她的事，可她忽视了花田错先生就是许仙般的坏人啊！感情世界里最悲哀的事莫过于在告诉别人一定要相信爱你的那个人的同时，却发现自己正面临着背叛的伤害。可一个女人为什么会爱上许仙呢？或者说Amyl为什么会爱上花田错先生呢？说到底还是因为花田错先生的好。这跟白娘子爱上许仙也是一样，许仙从一开始的时候就很好，可到后来又不好了，做了出卖之事。尽管这跟花田错先生的错误不一样，可有一点是一样的，都是由好及坏。

Amyl和花田错先生大吵一番后，破门而出，等快要上出租车准备回娘家的时候，突然发现自己什么都没带。她向楼上张望着，渴望从窗户的位置看到花田错先生的招手和呼喊。可十几分钟过去，花田错先生没有出现在窗口位置，也没听到他急促下楼的追赶声。

Amyl的眼泪哗哗地流了出来，她决定走得更远，让花田错先生看不见她，唯一能找到她的途径就是打电话。Amyl拿出手

机，观看电池电量，挺足的，至少够用两天。可时间一分一秒过去，除了几个骚扰短信，电话硬是没响起一个。瞧！好人总是在自己需要的时候发觉自己根本不被需要。Amyl在广场的长凳上坐了很久，觉得肚子好饿，却发现自己身上的钱所剩无几。Amyl犯难了，难道回去敲门说："我忘记拿钱了？"这绝不可能，自己多没面子。

到中午时间了，Amyl实在熬不住了，正准备给朋友打电话求援的时候，她的手机响了起来，是花田错先生意识到自己错了。他不应该对不起一个大好人，他得把她找回来，好好过日子。于是，花田错先生面带悔过、诚恳地站在Amyl面前时，用了个大招，几乎都要下跪了，他流着泪说："该走的人应该是我，你怎么先走了啊！老婆，我错了，你别走了好不好？" Amyl听后，不晓得怎么地，突然觉得很好笑，大骂道："你这个坏蛋……坏透了！"

* * *

故事到此还没有结束，杜十娘最终没有爱上许仙——花田错，在感情里，她不过就是第三者，不过是一时感觉花田错先生很好，可这样的感觉不可能一直保鲜，新鲜感一过，又回到原点。

Amyl说在做好人的日子里，很长时间都寝食难安，看到花田错先生睡得酣然的样子，心里就来气。所以，才有了开头 “只有好人才会寝食难安，坏人都睡得‘美洋洋’” 一说。可这不都是Amyl惯出来的吗？就算是自我或他人的安慰——好人的好绝对没错。那也得有人领情消受，并懂得感恩回报才行。

而杜十娘会爱上许仙吗？我想，不会的，肯定不会。至少，杜十娘是一个明智的人。可Amyl呢，她最终选择了原谅花田错先生，这只能说明在感情世界里没有一竿子就打死的坏人，坏人也有让你足够还去爱的理由。

所以说，好人的好，坏人的坏，在一起，或分离，我们都无法去左右。因为，杜十娘时时有，许仙也不缺。只能说，能在一起，就好好地去经营。

我来到你的城市，走过你来时的路

那曾经无法面对的过往，只是风中的承诺。不管心中有多苦，终将如喝过的中药，对日后的成长有效果。那残留的药渣，不妨一一倒掉。

* * *

胡丽站在迎风的街口歇斯底里，她哭红了眼睛，悲怆地一字一句地念着，如电影里的字幕蹦跳呈现：爱过的地方已沦为他乡。

2016年岁末的一天，我在一家商场落地窗前见到胡丽，她忧伤的表情比之前好了许多。她撩了一下头发说："好久不见，找个地方聊聊吧。"

我们在咖啡店临窗的位置面对面坐下。店里放着陈奕迅的歌，正唱道："我来到你的城市，走过你来时的路。"据说，很多听过这首歌的人都感触不已，我属于巨蟹座，一个人听的时候，会哭。这还不算，有一天我看了彭浩翔导演的电影《志明与春娇》，被“年轻时，谁没有爱过几个人渣”给“嚯嚯”伤到了。更可怕的是，一个深陷情海的哥们把这话给升级了，他眺望远山，像怨妇那样幽幽地用蹩脚的英语说：“Life is so long，who has not loved a few scumbag。”

他的意思我明白，不就是“一辈子那么长，谁没爱过几个人渣”么？可问题是，如果一个人没有深深爱上另一个人，又怎么能知道他就是人渣呢？春娇说：“我好努力想摆脱张志明，但最后我发觉，我变作另外一个张志明。”我想，到那天也许早已经晚了吧。有好多事情，我们真的想不到呢。

我还听到过一种更犀利的论调，大意是说年轻的时候把青春，把所有的一切都献给人渣，最后找到一个好男人结婚生子，一边过着老公提供的幸福生活，一边回味年轻时和人渣的美好往事，把自己所有的垃圾过错都推给“年轻不懂事”。

连人渣都分不出来，真是弱智到家了。

想到人渣的模样，我思绪有些凌乱，走神了。还是胡丽的一声咳嗽提醒了我。“你在想什么？”她的声音似深邃丛林里的夜莺在鸣叫，虽动听，却让我有战栗的感觉。

“没……没什么，还是说说你吧！”

她点了点头。

其实，人渣是什么呢？不过是我们在恨一个人的时候的一个说法而已。人渣之所以为人渣，是他可以轻易地将我们最珍贵的那部分掠夺了，而犯贱的我们居然在酒醉之后想起他，或者，在某个晴朗、阴雨的天气里，你突然感怀过去，想起和此人的一些片段，开始哀叹，或者露出久违的表情，轻启嘴唇，道一句：嗨！好久不见！

这太可怕了！人渣从来就不是最爱你的那个人，可我们居然念念不忘：胡丽很不幸地爱上了这样一个男人。她今年三十岁了，为什么叫她胡丽，因为她喜欢穿蓝色衣服，尤其夏日里那一抹蓝裙，在阳光的照射下显得格外美丽、青春。

* * *

胡丽的初恋是一个街头飞仔，街巷的人都叫他“斯奈头”（得名于他有四个乳头）。那年，她刚过二十，因家里原因置气离家出走。就这样，二十岁的天空下起了雨，胡丽觉得这雨就是为她而下的，蓝色的雨。

华灯初上，霓虹闪烁，她第一次去了夜场，有故事要发生了。

斯奈头比胡丽大六岁，在刚与她结识的时候就闪亮地走进了她的心里，如同一个巨大的星球在黑暗的宇宙里发出耀眼的光将对方映射。胡丽之前的负气离家，在这一刻早已被燃烧得灰飞烟灭，而斯奈头就是在这个时候恰如其分地出现的。

当时，夜场里比平日还要鱼龙混杂，似乎刻意为她安排。清澈稚嫩的胡丽不幸成为一个嘴叼香烟，脚底像踩了图钉一样走路一晃一晃的“红毛怪”的猎物。不谙世事的她吓得花容失色。此刻的斯奈头，正双臂挥舞，腰肢扭动。他在猛地侧目的时候发现了胡丽，影视剧里的男女主角相识的场景居然在现实中重演了。接下来剧情很狗血，若以对话的形式出现是这样的——

“你谁呀？找事儿是吧……？”

“找事又怎样？”

“……”

随着指指点点，目光凶视，[illegible]显更胜一筹，“红毛怪”服软了，悻悻地离去。惊魂未[illegible]怔地杵在原地。

“没吓到你吧？”斯奈头的声音[illegible]中显得有些磁

性，那是男性荷尔蒙散发的味道，半晌，胡丽才惊魂甫定。

“谢……谢谢你！”她的声线柔美，且有些颤抖。

“没事，我叫……斯奈头，在这地方我还说得起话，有事提我名字！”

“哦！斯奈头——好奇怪的名字。”胡丽“扑哧”一声笑了起来，但一看对方凝视的表情，很快打住了。

* * *

这就是人与人之间的相逢，是非对错在缘分面前一文不值。茫茫人海，你不知道在哪一站就会遇到一些过客，虽然短暂，却能深深刺痛你的心。

胡丽说，斯奈头来自西北偏远的山村，十三岁那年，父母离异，继父很不喜欢他，到后来，连母亲也骂他是孽子。十四岁那年，他怒火中烧，与继父展开火拼，那男人被他揍得头破血流，随后，他头也不回地离家出走了。

斯奈头吸着香烟，吐着烟圈，烟雾缭绕中，他咧嘴讲述着过往的时候，胡丽居然拍手称快，澎湃的内心如岩浆爆发。

两个“坏人”就这样闪电地走到了一起，疯狂的相依，却

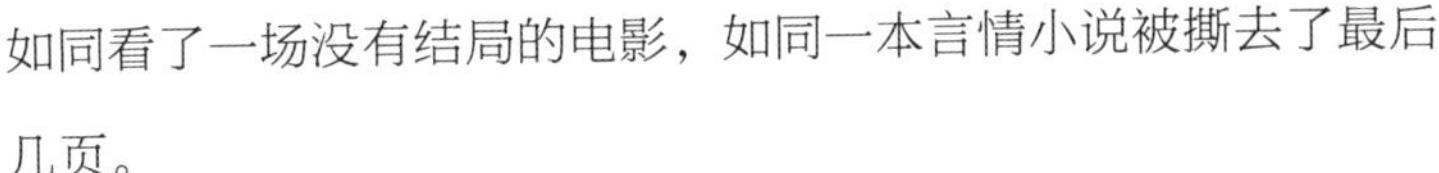

如同看了一场没有结局的电影，如同一本言情小说被撕去了最后几页。

胡丽在那会儿全然不顾，一个迷情的女人在爱上一个渣男时，大都会丧失原则，迷失自我，甚至连命都舍得给对方。他们彼此照顾，在迷醉的日子里喜笑颜开。而她，当时内心一片湛蓝，蓝过无尽的大海，她甚至觉得他就是自己今生的挚爱，就像电影里的女主角一样爱得轰轰烈烈，缠绵悱恻。

在胡丽和斯奈头相处的那些日子里，他们经历了你侬我侬的蜗居，日子时有富裕，更多的是窘迫和逃亡。有一次，斯奈头被几个“红毛仔”围攻，他冲开一个缺口，边狂奔边打电话，让家里的胡丽什么也不要带，迅速离开最要紧。她在惊恐慌乱中破门而出，那一刻，她满脑子都是蓝色的大海，她觉得就算是亡命天涯，也是自由宽广的，那随风舞动的衣裙在夜色中形成一道靓丽的风景线，奔跑中，她跑掉一只鞋，索性另一只也不要了。

“光着脚丫奔跑的感觉挺好，至少你能感觉脚底的疼痛比无言的打击更实在。”胡丽这样对我说。我明白，那是她当时对家的憎恶难以根除，切齿的恨让她宁愿选择这样颠沛流离的生活。

她跑到约定的大桥下，却未见斯奈头的身影。她惊恐万状，却不敢求救，她蜷缩成一团，抚摸着流血的脚底，咬紧牙关，又如履薄冰地挪动身体，用冰冷的江水清洗伤口。

夜风吹拂着胡丽的秀发，她相信不会等到长发及腰时，迷离的双眼不会望穿秋水。斯奈头出现在深夜的街头，他浑身伤痕，手臂上正淌着血。她挣扎着起身，然后扑向他，疼痛的拥抱让两个人更加紧紧相依，他们久久地拥吻。

没有经历过痛，我们不会长情悱恻，或许人渣也有至情的一面。胡丽说，那晚后没多久，斯奈头就不辞而别了，再也不见踪影。

直到有一天，胡丽接到一个电话，那一头是嘈杂的声音，斯奈头说要跟一哥们去西藏，归期不定，而后，声音渐行渐远，再然后，没有了信号。

胡丽直愣愣地呆立在原地，她不愿相信这样的结果，没有挂断的电话掉在地上。那一刻，她体会到恐慌、无助……就像晴朗的天空中，突然下起了雪，雪地里有脚印却又寻不着。她以为自己是湛蓝的大海，可以让对方不再远离，她相信他再远也远不过大海。从凌乱不堪中清醒过来，有时不需要太长的时间，现在，对她来说就是一个小小海洋馆了：这是心不死，小小人海中再度

相逢是一颗湛蓝的心的渴望。

* * *

窗外车水马龙，我感受到这世上有种情叫作莫名的痛。不知道这样的聆听还可以持续多久。胡丽的眼睛红红的，她眨了眨眼睛，说了一声。“抱歉，让你见笑了！”

我摇头不语。

短暂停顿后，她又说：“其实，我后来见到他了。”她微笑的表情让我说不清是什么感受。或许，这是命定于她生命中的一个过客，只因在人群中多看了你一眼，从此情断肠。

真相是这样的：后来，胡丽去了北方，这期间大概已过去十来年了。那天，她和男友一起去看一场叫作《我们的幸福时光》的电影。讲述的是有同样不幸命运而走在一起的柳贞与润秀的虐情故事。这个故事的狗血在于当他们爱得激烈时，润秀的刑期也即将来临……

胡丽说，当时她看这个电影的时候泪流满面。我说，为什么。

她告诉我，就在前排，就坐着她十年未见的斯奈头，还有他的头发披肩，戴着眼镜，穿着波希米亚裙的女朋友。在她吃爆米花的咔嚓声中，胡丽心碎不已。男友递纸巾给她的时候，以为她是为电影的感人场景而哭，实际上，只有她自己才知道，胸腔中有什么东西咻地碎裂开来了。

胡丽没有在当时叫住他，她知道自己不能去打扰他的生活，也不能允许自己崩溃疯狂，还有几个月，她就要和现在的男友结婚了。

“那……你就没有和他打过招呼吗？”我很想知道，这样的两个人见面的时候第一句话会说什么。

胡丽和斯奈头再见面的时候，她没有再问及当年，只是简单地说了一句“好久不见”。仿佛当年所有的疑问与抱怨早已随着时间并经由那部电影而消逝了。从此，胡丽与斯奈头再无人生的交集，那一句“好久不见”成为两人最后的对话。

这不得不说伤感了，但更应该是解脱，我们都有各自的人生路，我们都各自有各自的归属。过往的痛也好，苦也罢，已经不重要了。好久不见，不见好久，还愿不要打扰当下的生活为好。正如许巍在《蓝莲花》中所唱的：“你的心了无牵挂。”那一句“好久不见”不会如影视剧中的刻意安排而随时相见。

Life is so long，who has not loved a few scumbag，一

CEREAL

辈子那么长，谁没爱过几个人渣。那曾经无法面对的过往，只是风中的承诺。不管心中有多苦，终将如喝过的中药，对日后的成长很有效果。那残留的药渣，不妨一一倒掉。

“是的，不妨倒掉！”从咖啡店出来，胡丽大声地呼喊，声音响彻街角。在迎风中，我看着她湛蓝的衣裙飞舞，真的好美！

所有的念念不忘，必有回响

这就是说，如果一个人不能果敢地面对自我，又不愿意、更不敢了断情思，剩下的最好办法就是逃避了。这是其中一类人，我们在痛恨其无情的同时，还要揭穿另外一类人的真面目。

* * *

总有一些人，让我们念念不忘，或是因为心里恨，放不下，也许更多是因为还有爱。这是一种很可怕的情绪，就像你得了重感冒，拼命想把病毒赶走，然而药效未到，只能是徒劳无功。

对那些走不出来的感情坚守者而言，这确如一次重感冒。

前几天，我听到一句很值得记录的话：上一季的人都与你无关。这听起来很绝情、很冷血。但仔细体会，不无道理。而有一些人太入戏，沉浸在上一季的剧情中，无法自拔，因此久久无法开展这一季的戏码。

上一季的人都与你有关，念念小姐就是这样的人。

上次见到她，还是在去年的寒冬。那天，她给我打来一个电话，开口就问我这世上有没有忘情水。我一听，心里咯噔一下，这世上哪有什么忘情水呢？不过是刘德华歌里的一句唱词罢了。

我说："这大冬天的，忘情水肯定没有，河里的冰水倒是取之不尽。"电话那头，停顿了片刻，我听到一声轻叹。

她又问我在哪里。我说在外面喝酒、吃烤肉呢。随后，她让我把地址发给她。我没有拒绝，两个人喝酒、吃肉总好过一个人喝酒、吃肉。

很快，她就风风火火地赶来。她迅速坐下，拿起啤酒瓶子，咕咚咕咚地就喝下一瓶。我怔怔地望着她，随后，说出了古龙的名句，"你若以为酒只不过是一种可以令人快乐的液体，你就错了"。

她对我的话无动于衷。酒气散发的当口，她冲我说道："你见过不打招呼就走的男人吗？你一定没见过，对不对？我告诉你，我就见过，你说我有……多——幸运！"

我抿了抿嘴唇，没有直接回答，而是用发问的语气说："你

有多久没喝酒了？这样喝不行的，酒只能暂时麻醉你的神经，到底出什么事了？”

她没有吱声，眼角反而闪烁着一丝泪光。我递给她一块香喷喷的烤肉，再斟满一杯清淡的茶水。她快速下咽，之后，开始了冗长的叙述。

* * *

按照念念的说法，她的好好先生在一个寒冷的冬日早晨忽然不见了。她醒来的时候，只看见床头柜上放着一杯凉开水。偌大一个房间，只有她一人，她翻身下床，四下寻找，依旧是没有踪影。

“亲爱的！你去哪里了？”她喃喃自语。

“这绝不是人口失踪！”如果我可以穿越，一定会站在她跟前大声嚷道。因为，我百分之百相信，在爱情的世界里，总有那么一些人会选择消失不见，不管是爱或不爱了。

“这一定是最可恨的！”我还会这样说，“但也一定有理由。”他们只是无法继续一段感情，又不知如何去解释。这时候，最好的办法就是消失。因为，他们真的相信时间可以让人忘记一切，赶走所有的痛苦和忧伤。

对他们而言，消失或许不是绝情，更像是一种难以形容的爱。

念念终究是想不明白，也许是她爱得够深，又太过用情，总之她真的就是念念不忘。

她与好好先生的相识，是在公司的企划会议上。有时候观点的碰撞会让两个素不相识的人产生一种莫名的好感，在感情的世界里，这也是一种饶有意味的开端。

会议后，聚餐期间，他们又再次交谈，相见恨晚的感觉竟如此强烈。后来，他们尝试着交往，再后来，他们住在了一起。

他们相拥在一起的时候，念念小姐捧着他的脸，仔细地端详着说：“我要一辈子记得你，你也要一辈子记得我。”

这样的场景着实让人感动。当然，对有些人来说，这话很不真实，就像一句笑话。写这个故事的时候，我大脑里跳跃着很多隐忧。比如，是什么让我们对二人世界里的情话如此笃信不疑？

有那么多话我都没能记得，却独独记下了念念在冗长叙述中的那句话。

此刻，我与她面对面坐着，夜色温柔，酒气四溢。我看着她

急于知道答案的模样，心里一横，说——

她的那位好好先生无非是另有新欢、讨厌现状、不再爱她……因此，他唯有离开才能重新生活，或者说才能有更好的生活。这样的生活对他有极大的吸引力，与其说无法面对深爱的你，还不如说他无法面对那个真实的自己。在他心里来回思考的结果是这样的：这是没有办法的事。

这就是说，如果一个人不能果敢地面对自我，又不愿意、更不敢了断情思，剩下的最好办法就是逃避了。这是其中一类人，我们在痛恨其无情的同时，还要揭穿另外一类人的真面目。

他们大都脚踏两只船，甚至更糟糕。因为，他物色到更好的对象，又担心被人抛弃，或者说中途出什么状况。比如，对方比他优秀许多，追求者众多，沦为备胎、被遗弃的可能性极大。于是，为了安全起见，他会给自己留一条退路。他在离开之前的所作所为正好证明了这一点。他只是为了让你更加爱他，从而达到他的目的。

如果再说难听点，这应该是一个担心自己成为“备胎”的人在挣扎下的别有用心。他们是如此爱自己，却表现得如此地爱别人。很不幸，念念中招了！她呈现出无尽的悲伤，泪水在酒精的作用下止不住地流，眼眶的红润并不是柔情的彰显，那是寒冷冬日里一抹扎眼的刺痛。

我无法安慰她，我不是好好先生，我只能陪她喝酒。你也知道，想要叫醒一个装睡的女人，远比叫醒一个熟睡的孩子困难。

送她上车的时候，我对她说："这世上真的没有忘情水，要么念念不忘，要么形如失忆。"然后，她摇摇头，与车子一起消失在无边的黑夜里。

* * *

在后来的差不多一年时间里，我陆续看到她念念不忘的表现。比如，她会发一些莫名其妙的抽象画，一些只有她才能看得懂的符号。还有就是，在和姐妹们聚会的时候，她会突然提前回家，头也不回地走了。

这真让人捉摸不透，也让人心疼，甚至让人厌恶，恨不得能一巴掌扇醒她。

分手后的日子是多么难熬，可她竟然能撑到今天。其实，她是强大的，不过用错了地方。一个用情太深，在"享受"伤痛之余，还能在繁华喧嚣的都市里生存的人，唯强者也。前些天，我和她相遇，她在文身店让技术最好的那位技师为她在肩臂上文了一个图腾。我惊讶地问这是什么，她说："这是他的名字。"

我更加惊讶，而后心里暗暗害怕起来。我终于明白念念不忘有多么难忘了，同时也佩服她的忍受力——好好先生的名字多复杂啊！笔画又多，针针到肉的感觉得有多疼啊！

痛苦是会让人难受的，而更大的痛苦是不能走出来。我深信念念还没有走出痛苦的深渊。有些人会将痛苦深深掩埋，或者随风吹散，而有的人就愿意生生作疼，“享受”情感世界中疼痛的美。

念念应该是在强化这份痛苦的同时，让那份难以割舍的情感成就凄美的自己，并且，她还深深地爱上了它，对爱的忠贞，以及内心胶着的自己。而这样的一个她，又怎能轻易地爱上别人呢？在她的言辞里，充斥着对爱的不信任，对男人的不信任。

听着汪峰的歌：如果有一天我老无所依，请把我留在那时光里。念念表现得极为动容，她表达出了一种莫名的、难以理解的原谅。当很多人表示希望她和好好先生能再续情缘的时候，我在感叹之余，竟然有了一种愤怒的感觉——

被这么一个渣男持久地伤害着，而她竟然对其念念不忘？

一个坚强的女人曾对我说，上一季的人都与你无关。而我也很想对念念说：“那个曾经不顾相守离开你的人，已经和你没有任何关系，而你却用无限沉溺的时光消耗贵比天物的自己，真的得不偿失啊！”

在情感脆弱的年代，坚强如铁，从容生活，不要让过去毁了现在，也赔了未来。

此话应当被记录，此话才应当念念不忘。

用我所有的岁月寻找心中的你

我觉得，广大女性大可不必因担忧年龄增长而将就走进婚姻生活，坚持自己的选择，过自己想要的生活，这总比那些因恨嫁而仓促选择婚姻，而后又觉得进入围城、怨声载道的人要好得多。

* * *

我们这个时代的人，是否对自己的年龄恐惧过？对于这个问题，不管想没想过，“剩女”一词就这么直愣愣地横在我们面前，甚至有时候，它还哽在我们的喉咙，在别人秀恩爱的时候，要么故作高傲，要么黯然离去。

当然，将“剩女”和年龄紧密相连，并以此来划分“老中青”是不公平的。可是，这也没有什么办法，在俗世里，我们在某些聚会中，在谈及“我也不小了，我也老了”的时候，免不了有一种再也无法挽回的沧桑感，虽然我们只是不经意地提起。

我曾在尴尬的年龄里写下过一句话：我们都死于30岁。

30岁之前有一天半夜里，我突然醒来，变得十分焦虑。在这个时刻，时间对我来说特别重要。看着镜子里的自己，竟然也有几丝白发，额头上也有了皱纹，那种油然而生的恐惧感挥之不去。

前些日子，我在微信圈看到朋友的感叹：一些不得不面对的忧虑来自于年年都形影孤单，不老男神和女神都是噱头，现实生活中，他们也如你我一样普通，体型发福，照片离不了PS。

这恐怕不仅是哀叹，还有更深的怨怼。女性朋友们面对年龄的压力应该比男性要大得多——除了对抗时间的流逝，还要想尽办法通过技术手段延缓衰老。

我觉得，广大女性大可不必因担忧年龄增长而将就走进婚姻生活，坚持自己的选择，过自己想要的生活，这总比那些因恨嫁而仓促选择婚姻，而后又觉得进入围城、怨声载道的人要好得多。

* * *

大龄女青年爱上小鲜肉的故事并不是天方夜谭。身份悬殊、年龄差距大……似乎注定不可相爱，但问题是，一些故事不可避

免地就发生了。

不管其间有多少的波折，最终能在一起就是最好的结局。为此，我常举一些成功的例子，试图潜移默化地鼓励她们相信美好。虽然她们大都不信，但从她们眼神中掠过的一丝悸动，又让人看到了某种由内心散发出的希冀。这就是情感对人的奇妙魅力所在——你那么排斥它，却又那么舍不得它。

“我都这把年纪了，还能爱上谁呢？”

“男人没有一个好东西，我怎么能去爱上他呢？”

“……”

这是本故事女主角“大龄姑娘”常说的话。她说得那样决绝，又那样哀怨，以至于我无法回应她。

大龄姑娘来自南方的偏僻山村，她精明干练，好学聪慧。摩羯座的她不甘心毕业后回到小镇工作，嫁人生子。她明白这不是她想要的生活，大城市繁华、偌大的舞台才是她的向往。多年的打拼，让她在大城市站稳了脚跟，现在的她已经是一家跨国企业的高管。这样一个大女人，做过很多大手笔的业务，然而感情世界里多数时间都是荒芜。

有一天，她请了一帮好友去她家一聚。大家闲聊之余，她突然宣布了一件事情。她神秘地说："我找到恋爱的感觉了。"在场的人先是一愣，然后起身鼓掌。

原来，大龄姑娘为了释放压力，带着几个朋友去新疆玩。在美丽的草原上，看着牛羊成群，她的心里泛起了涟漪。前方有一个戴着毡帽的年轻人——就叫他约翰吧，因为他看起来有点像外国人，他正骑在马背上，哼着歌。蓝天白云下，这样的情景最容易让人动情。

不一会儿，这个骑马的男人径直朝她走了过来，他望着她，忽然说："美女，敢不敢一骑？"

几个朋友也随之起哄。她将头一扬，一甩秀发，道一句"有何不敢？"摩羯座的她绝对不会在这样的场合里表现出弱势的一面。

她就这样大大方方地上了马，内心却慌乱得不得了。偏偏这匹马似乎知晓人的心理，在奔跑中故意颠簸，好几次她感觉自己就要被颠下马，差点没忍住尖叫起来。她努力控制着平衡，只是这对于没有任何骑马经验的她来说，谈何容易。

那个叫约翰的男人骑在她身后——同一马匹上。他将毡帽

抛向空中，“哟呵”声声，随风舞动的身姿在摇摆中让马背更癫狂，让场面更热烈。

她感受到更深的恐惧，再也无法忍受，失声尖叫起来，那声音如压抑已久的突然释放，锐利中有对安全感的强烈渴求，而此刻，正有一双强壮有力的手紧紧地抱住她。

下了马，马儿一声啾鸣，似作知人性的回应。这一刻，当作永恒难忘的瞬间，她和他合了影，从此有了一份思念。

晚上的时候，他们围在火堆旁，欣赏无边的夜色，风中舞蹈，火苗摇曳，对影成双。他们喝着小酒，玩着“真心话大冒险”的游戏。

游戏中，无形中多了一份真挚。也许，只有心起涟漪的人儿才会有这样的感受，其他的权当游戏罢了。

大龄姑娘托着下巴，问：“你是哪里人呢？”

约翰喝了一口酒，注视着她，说：“我是套马杆的汉子。”

大龄姑娘咯咯笑了起来，“那我就是达坂城的姑娘咯。”

说完，在座的人都狂笑不已。

说完，她和他笑得前仰后合，眼神中还有亮闪闪的东西划过。

这样的场景，我想人一辈子也不会有几回吧。有生之年，若能细细回味，是怎样的一种幸福啊！两人随后交换了电话。第二天，同游新疆，走了很多地方。到达一处美景，那里有旅人欢颜，也有情侣手牵。他拉住她的手说："昨晚你说那些话的时候，我心里就认定了是你，达坂城的姑娘！"

她娇羞了，脸色微红。

她没有挣脱他的手，也没有想到对方会这样表白——水到渠成，不加修饰。只是，她也想过，比如，他比自己小了六岁，也不在一个城市，这也许只是一场艳遇……她在沉默片刻后，说，我们之间是不是太快了，把一些我们以为的爱掺和了进去。

* * *

回到原来的城市，她的心再也平静不下来，如武侠小说里遇见英雄的美人，在一个照面后，从此心里住进了一只小鹿，怦怦乱撞……她常常感到虚幻，就像突然拥有了一份遗失的美好。

随后，她羞怯怯地给对方发微信，对方在第一时间里回应

了她。

从此，是热烈。

从此，是牵挂。

从此，是相见恨晚。

有一天，约翰给她讲了一个故事，这是电影《寻找心中的你》的剧情，黄又南饰演的俊贤邂逅了吴千语，只是，第二天当他回到戏院寻找伊人时，发现她已离职。此后，男方对女方执念寻找，仅靠一个名字……

“那你要找她到什么时候？”

“直到找到她为止。”

大龄姑娘和约翰的故事不同，他们的爱在现实生活中发生了。她当着我的面打电话给在新疆的男朋友，对方没有接。过了一会儿，电话铃响了起来，我知趣地走开。

我挥手道别，我知道，她和他一定有很多话要说。

* * *

走在回家的路上，下起了小雨，我没有加快脚步。这样的天气，适合漫步，适合回忆那些过往美好的瞬间。当然，也适合恋爱。也许你环顾四周，发现无人可爱，那不妨再等等吧！时光中总有一个人会与你有交集。

这是多么奇妙，所有美好的发生，皆因我们相信。就像大龄姑娘，作为感情上曾经的“Loser”，她当然很需要战歌，并且她最后真的唱着凯歌了。

一年后，我看到她发的微信图片，她和约翰在一起了，还生了一个男宝宝。

又一年后，我在雨季里写下了这个故事。

我不会死，我将只是枯萎了

我们很多人对爱的免疫力、持续力是没有那么强的。更何况，时间是最能洗涤我们的容器，许多人的本来面目，或者隐藏的那份真，终将褪去华丽的外衣。爱是那样的突然，来或去都是如此。

* * *

我们都会渴望感情能够热烈、持续，最好是一成不变的。这当然很好，正应了海誓山盟、海枯石烂的真言。然而，现实中所发生的只是不如人愿，甚至物是人非。

一个袅袅婷婷的女子说她不过是想要爱倾城，到最后却枯萎了。历经风雨的花朵，并不会变得娇艳动人。因为，作为诗人的她会产生一种腻烦，我们总是在情感中变变变、拆拆拆。

董小姐来自江南，书卷气浓厚，偶尔在微博上发一些文字能让你心头一暖。我当时甚至在想，这样一个女子，那么干净、柔软，应该不会有什么故事吧！

后来，我发现这是一种习惯性的错误。

董小姐坐在江南的水吧里，淡香浮动。

她对我的开场白让人感慨，只见她低着眉头对我说："刘若英唱《原来你也在这里》的时候，我有些哀叹，故事最终的结局不过是一颗炽热的心就这么枯萎了。可我一开始想要的是倾城之恋啊！"

我和董小姐并不熟悉，只是一个热爱文字的痴人会在意另一个对文字有感觉的人而已。我相信她只是在走过一段路后，在路上有过倾城的甜美，却在时光继续前行中发生了变故而已。

我总相信，一个人被生活的意外暴击的时候，便是故事最精彩的时候，当然，也是最迷茫的关口。董小姐的迷茫在于她更换了生活环境，从江南城市到了北方城市，那是同居的生活。我们多容易迷失自己啊！

高中时的一位语文老师对我说过"不一样的地方有不一样的开始"。这话用在她和老狼先生身上特别恰当。因为，他们都有了惊喜——

先是她觉得自己再也不会忍受距离的孤单了，然后是对方拿着戒指向她求了婚，也买了婚房，订了婚宴，一切都是那么惊喜，幸福感如水流淌。总之，这样幸福的感觉只有经历过的人才能知道。

这样的日子持续了一段时间。忽然有一天，老狼先生打电话给她说："亲爱的，我们分开一段时间好吗？"那消息给人的感觉绝对是晴天霹雳，或者说一个人正在享受春天的温暖的时候，忽然季节一变，陡转到了冬天，心似冰窟。

遭遇这样的打击，每个人的反应是不一样的。有的人可能会暴跳如雷，有的人可能会说不出话来，对于经历过大风大浪的人来说，这根本不算什么。我们终归要活下去，只是，有些人觉得要活下去是一件比较困难的事情。

接受现实与逃避现实，两者的痛苦不言而喻，但偏偏制造"晴天霹雳"和"心似冰窟"的家伙将话说得如此平静，偏偏还要加上"亲爱的"。

这件事是这样的，它发生在两人同居的六个月后。当时，董小姐背着行囊刚下飞机，她风尘仆仆地行走在机场通道，回家的感觉是那么强烈。接到老狼先生的电话，她一脸欣喜，随后双眼模糊不清。

“我想要的是倾城之恋，为什么结局会是这样啊？”她想不通。

谁能想通呢？尤其是新生活刚刚开始，又那么幸福。它如一本写满人间故事的书，在翻看第一章后，还没来得及细细品味就莫名地结束了。

* * *

27岁的董小姐是一个勇敢的人，虽说她是江南女子，又那么柔软。她抛弃了很多，告别家乡、远离朋友、不去想危险……她来到陌生的北方城市，除了要在这座城市站稳脚跟，还要适应准妻子的身份。

这个美丽的江南女子，她多年生活在江南，现在远走他乡，她除了要工作，还要走进厨房，洗手作羹汤。柴米油盐、一日三餐，这是多么循规蹈矩的家庭主妇生活呀！

她的工作不那么忙，其实是她不想那么忙。因为她更想做一个娴熟的家庭主妇，打拼是男人的事——又或者她觉得在爱里，总有人要做出更多的牺牲，这些没有什么，都是应该的。

我们很多人对爱的免疫力、持续力是没有那么强的。更何况，时间是最能洗涤我们的容器，许多人的本来面目，或者隐藏的那份真，终将褪去华丽的外衣。爱是那样的突然，来或去都是如此。

老狼先生是狮子座，盼望着董小姐一切都听他的。他大她五岁，他和她有着完全不同的身世和背景，却有着那么多相同之处。所以说，世界是多么奇妙，不可思议的另一种解释就是：哦！原来是你呀，原来你就在这里，原来我们相识那么多年……它就像一个人的情感堆积了许多年，有一天我们在渡口相遇，多么欢畅！

他们在小河边赤着脚，手拉着手，闲庭信步。分别后，也从不用现代通信设备，只靠一纸情书鸿雁传情，无比愉悦。

日子徐徐向前，他们同居了，一个江南女子的故事开始有了拐点。

我不想说这是一个意外，或者说特例。我只想陈述一个真实的故事。很多人问我，为何总写这样伤情的故事？我说，只有伤情后，我们才会更加惜情。

董小姐说，这可能就是她的宿命。前小半生生活太安逸，中途遭遇挫折。狮子座男人的求婚戒指竟然大了一号。那大的部分空间里根本就不会是她，一个声音说这会不会太敏感了，可另一个声音又在耳畔告诉她：一个连自己爱的人的尺码都不清楚的人，又怎能期待他会待你长久？

爱在开始的时候会显得特别完美，会让我们忘却对方所有的缺点和不足。不爱了，就会拼命寻找那所有不同的地方，然后无限放大。所以，哪关狮子座什么事儿，不过是想要爱倾城，到最后我们却枯萎了。开始和最后是我们各自书写的情诗罢了。你侬我侬，你聚我散……

老狼先生戴着眼镜，北方人，常回忆家乡的美食。他吃不惯城市味太浓的食物。董小姐就骑着自行车，穿越大街小巷，四处寻找。

有时候我在想，若是我渴望平淡生活，能有这样的爱人为我打点饮食起居，会是何等幸运和幸福啊！偏偏有人不知好歹、不懂珍惜。第二天早上，老狼先生望着盘里的美食，咬下一口后，轻轻摇头，叹气，随后统统倒掉。

董小姐很生气，只是忍住没有表现出来。她觉得可能是男人在外面的确很辛苦，有点怪异也算正常。于是，她想了一个办法，托人从男人的老家以快递的方式寄来美食，这下男人终于满意了，赞不绝口。可他居然一边吃着一边说：“为什么这么麻烦，多费事啊！”

她当时就将手叉在腰间，长长地吐了一口气。

后来，男人又说，其实可以不用做饭的，我们可以到外面去吃呀！周末的时候，我也可以露一手，让你尝尝我的手艺。

可惜，一次都没有兑现。

再到后来，老狼先生的责备多了起来，不仅仅是吃的问题。在穿的问题上，他自己的衣服往沙发上一扔，却又埋怨倾城小姐给他坐皱了。在交际应酬方面，是他强烈要求要注重形象和品位，结果又责备倾城小姐为什么要穿得那么暴露、妆化得那么浓？

之后的发展就更加不可思议了。真相就是，当一个人陷入热恋中，就会如失去理性的智者一般，唯有分手后才能醒悟。

她怎么那么笨呢？回想那些细节，比如接电话从来不当着她的面，手机解锁密码极为复杂；分手的当天他出差了，不久，在手机上出现了陌生号码，一个娇滴滴的女孩在电话那头毫不忌讳地说三道四，她和老狼先生是什么关系……

她冷笑一声，心里想着：这都算什么呢？

她快速收拾心情，以极其平静的语气和心态处理完了这桩情感事件。后来，她告诉我说，其实她内心是狂躁的。在那一刻她忽然明白了，枯萎的爱情就像不再生长的植物，想要枝繁叶茂真的好难。

“这真像一场噩梦，”董小姐说，“你醒来的那一刻额头全是汗，整个人瑟瑟发抖。我觉得自己是一个失败者，再也无法用轻盈的脚步回到原来的城市。即便是后来生活中出现了不少追求者，可以聊天，却又无话可说，可以约会，却相敬如宾。”

* * *

她不是失败者。至少，我觉得一个人看清了现实，又还能很好地活下去——比如，没有寻死觅活、没有让人看笑话、没有怨天尤人……这些珍贵的因子都在董小姐的血液里流动着。而老狼先生，也多次表示歉意，仿佛他就是至情至善。

老狼先生忘了，一个不懂珍惜的人在伤害别人之后，再与对方谈情意，已经没有多大意义了。我相信董小姐是好马不吃回头草的那种人。林荫小道上，她独自一个人走着，微风拂过，吹乱她的秀发，她的身子虽然细瘦，但步伐稳健。

我不知道她是不是会遇到一个新的人，又还是一如既往地全心对待对方。在我们的人生旅途中，相遇又相爱，相爱又白首，

抑或相反，这构成了一个多姿多彩的世界。

是倾城，还是最后枯萎。不过是人心作古，人都想着要求别人，却很少想着去珍惜那份难得的真情，真的是矛盾啊！

能不能不要太相信：哦，原来你也在这里！哦，那就是海枯石烂情缘在！

海都枯了，石头都烂了，我们早已不见啦！

谢谢你能来，也不遗憾你离开

我们年轻的时候，会经历很多人、很多事。酒醉的那一刻，我们都爱作比较：谁比谁惨？

* * *

我对时间是有些恐惧的，因为时间就是过程，过程也是时间。这听起来很矫情。去年岁末的时候，我接到一个电话。一个多年未见的哥们儿，在与我寒暄过后，他说了一通话：和某人谈了好几年的恋爱，最后才发现对方是如此不可理喻，真是病得不轻啊！

我问：那……你们分开了吗？

他又说：我打算拯救她啊！可她竟然拒绝了。

我一时有点恍惚。这都算哪门子的事！一个拼命想当爱情的救世主，一个偏不让你救。感情的战争就这样在你推我拒中发生了，最要命的是还不能一下子就结束。

我想，这一定是世间最大、最痛苦的折磨。只要我们还不能一刀两断，只要我们还不能断了情根，情就是最痛的折磨。

情呵！多少人为你愁断肠，又有多少人为你喝了迷魂汤？由此，我开始陷入一种若有若无的伤感中，仿佛自己就是亲历者一般。这种感受在不安、彷徨、期盼、拒绝、失落中循环往复。

很多时候，我们说分手，其实都是不得不分啊！

然而，我还是要为哥们儿高兴，至少他后来真的悟了。

我做过一些调查，那些即将分手的人，都会在这个时候，在难眠的夜里辗转进行一连串的思考。他们会对很多细节进行抽丝剥茧的研究。

比如——

为什么之前她常穿你买给她的迷你裙，现在几乎都不穿了？

为什么宁愿发短信、微信、QQ，也不打一个电话告知现在身在何处？

为什么他对别人都笑脸相对，对你却不冷不热？

为什么周末聚会，别人都是早早收到通知了，排在最后的那个偏偏是你？

为什么牵着他的手再也没有一开始的那种心跳的感觉？

……

关于上述问题，有可能的回答是——

已经是大冬天了，为什么还要穿迷你裙呢？

以什么方式通知，不过是随性为之，再或者打电话费用高，有赠送的免费流量，为什么不用呢？

为什么对别人笑脸相对呢？这是为人处事的重要法则啊！和你太熟了，少了很多拘束，再激烈的爱情终将化为平静，回归到生活的常态。

最后通知你聚会，这说明你最重要啊！

心跳的感觉若一直都有，岂不折寿？

* * *

其实，那么多的问题，归结到一个就是：不爱了。只是，我们不愿意去面对而已。

话往回说，恋爱中刨根问底也算是一种优秀的品质。揭示真相有什么不可，不要长时间地担忧过甚，在爱与不爱的纠结中猜猜猜、叹叹叹……

我们爱的时候，费了多少力气和心思，伴随着紧张、心跳、脸红、惊喜、美好……我们不爱的时候，说一句“你到底怎么想的”有多难？

这是不甘心的表现，心存一丝侥幸，或者下一任还没有找好，我们愿意让自己这样痛苦地纠结，我们还愿意去相信“我们之间的情路还没有到尽头”。

在爱的世界里，我们很多人就是这么自以为是，以至于忽略了一些事实，以至于我们还要扮演着爱情救世主的角色。

还是感谢那些对你残忍、无情的人吧！毕竟，好的爱情一定会少很多不必要的疑问，也不会有隔三岔五的莫名争吵。然后，不要在对方说完后争辩，不要去表达“我们之间的情路还没有到尽头”之类的话，也不要绞尽脑汁去说一些自以为是的例子。不管有多疼，请转身就走，不要留恋。

毕竟，有些人，谁也留不住，就算留住，日后也麻烦多多，痛苦更深。

果断决绝地走吧！并道声“谢谢，谢谢你选择离开了我”。

这很难做到，我知道。

那就请相信“对爱最大的折磨，不过是‘咣当’一声死吧”！既然如此，那就死个明白，无论你今后还会不会想起那个曾经让你痛苦万分的人，那些逝去的美好全都化作重新开始的动力。

如果说还有回忆，无非就是那件相遇的幸事发生在你如花的年龄，下雨了、飘雪了、樱花飞舞了，你们一起手牵手走过购物街，花掉了你积攒许久的人民币。

你的不舍，换来的是无尽的疼痛，还不如在事发之前果敢地选择分开。这得多开心啊！

我们不要在多年后才明白这样的痛楚是浪费精力，是愚蠢的，就像我这位哥们儿已年过三十了，还这样为情伤而无法自拔，还要咬牙切齿地去充当救世主，还要低吟浅唱“你问我爱你

有多深，月亮代表我的心”。

何苦呢？你要的不过是那个结果，可你心里不早就知道了吗？

你心依旧，终换不回泰坦尼克号的不沉没。

一句话，谢谢你能来，也不遗憾你离开。折磨都是自找的，怨不得那个狠心的人。

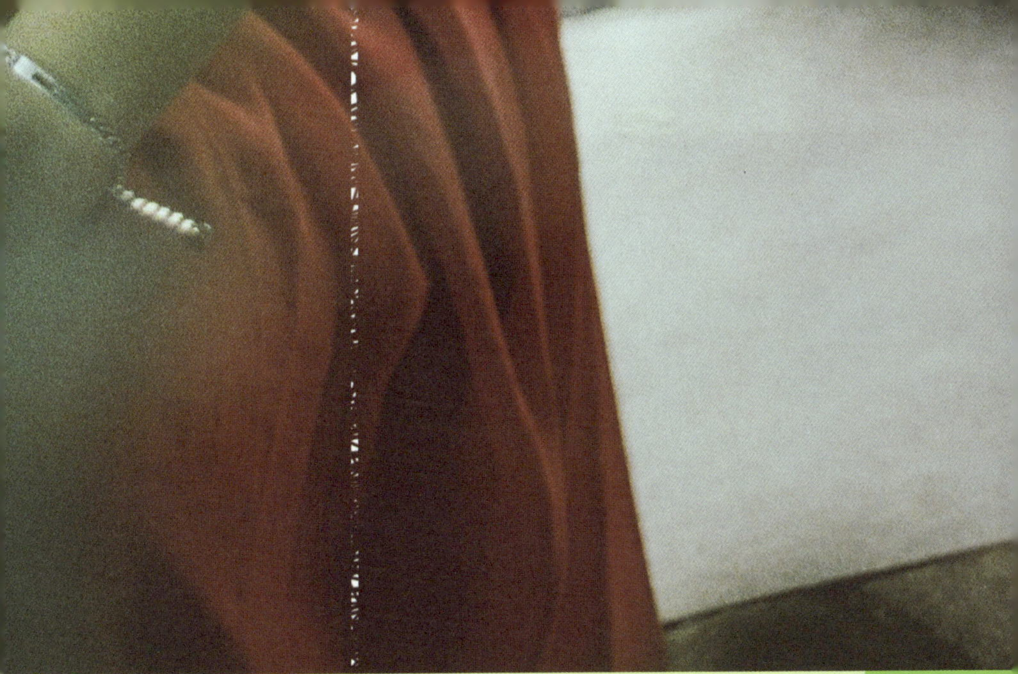

巧不克力

好好告别，就是好好相遇

我们需要清醒地认识到，当你说出分手的那一刻，对方说好，这标志着一段恋情已经结束了。若真的有不舍，怎会如此轻描淡写？即便轻描淡写，只要细心观察，也会看出对方心中的隐痛。那些连一点痛都没有的，你还有什么不能割舍的？就算强行挽留，迟早还得分手。

* * *

这是一个分手频繁的年代。有一天，某读者问我分手有多少种方式。我简略回答：千千万万种。

分手大师是一个打死不认账的家伙，他宁愿相信分手只是道别。距离上一次分手还没有半年，他将所有的心绪化为一行文字：刚才细细一想，那个离别的秋天真让人难忘啊！

我在午夜时分看到他微信上的文字，下面配了一张枫叶飘落的图片。我停下敲动键盘的手指，将手机锁屏，脑海里想着，分手大师分手的次数：一次、两次、三次……

当然，这一次不是最后一次。人在一生中会经历多少次离别的痛楚啊！但偏偏有人以为道别是分手，不再相信花开的时候你就会回来看我。

对于分手，我觉得没有什么大不了，分手就分手，但两个人之间只能分手一次，且不能轻易提出。如果时常将分手挂在嘴边，真到分手那天将彻底崩溃。

分手大师就是这样的人，分手的话说了许多次。作为能把分手当饭吃的巨蟹座，他的言语总是那么让人伤感，每一次道别都弄得伤筋动骨。我在北方城市流浪那会儿，不知道陪他度过了多少酩酊大醉的夜晚。

当时，我还没有像现在这样醉心于写作，有酒喝就是乐事，也就是在一次次的“酒后吐真言”中拼凑出了分手大师的故事。

* * *

分手大师和前任在一家小店里喝了一杯柠檬汁。那时天刚转暖，他启动车子，假装以不经意的姿态说：“我们就此道别吧！”

前任说：“好。”声音干脆利索。

然后，双方一阵沉默，分手大师也不知道车子该不该开走。这是非常尴尬的，后来还是前任主动下车。分手大师望着她远去的身影，内心无限伤感。他轻轻地说：“也许真的是分了，从此很难有瓜葛了。”

原想通过分手来要挟，迫使对方回心转意，没想到真的分了。

我只是和你道别，你却以为是分手，多么富有戏剧性的故事啊！

而分手大师设计好的情节是这样的——

他先提出分手，然后是彼此的沉默，这一环节非常关键，目的在于给对方思考的时间和空间。最后，他把车子开到僻静处，停在路边，说一句“我们待一会儿吧”，那么，两人的矛盾就由此解决了。

然而，故事没有按照分手大师预想的那样去发展。他万万没想到，对方竟然那么快就说出了一个“好”字，一点时间和空间都没有耽误。

那一刻，分手大师真的成为分手大师了。他痛苦万分，一通紧急电话，邀我一起不醉不归。黄昏里，路边摊，觥筹交错，唉声连连。

其实，按照我的观点，分手就分手吧！从对方决绝的表情中，应该明白一切都是徒劳的呀！我们需要清醒地认识到，当你说出分手的那一刻，对方说好，这标志着一段恋情已经结束了。若真的有不舍，怎会如此轻描淡写？即便轻描淡写，只要细心观察，也会看出对方心中的隐痛。那些连一点痛都没有的，你还有什么不能割舍的？就算强行挽留，迟早还得分手。

分手大师是入戏太深了。他特别喜欢看韩剧，吃着爆米花，旁边放着一大包纸巾。有时候，我会有一种错觉，以为他就是八点档电视剧里的演员。

夜风中，分手大师那么不舍，他到现在还认为两个人的恋情，就算是分手也应该在最后有一些交代，如同电视剧中的情节，一个人即将离开这个世界，要多痛有多痛，要多悱恻有多悱恻。

可是，这些只存在于电视剧里啊！这些真的毫无价值。因为，真正的分手就是分手，各自说一句“好吧，好的”，从此再无瓜葛。

分手大师蹲在地上，如同在等待着什么。他默默地抽着烟，夜风无情地把它吹散。而后，又是长久的沉默，他残忍地发现，越是抽烟，越抽不掉这苦痛。

这就是分手大师的一次分手剧情——伤痛、沉默得无以复加。

据此，我会经常思考一些问题——

你上一次分手在什么时候？用的什么方式？

然后，我也想到分手大师在不久前的分手剧情。这么多年了，他没有变。

车在公路上缓缓行驶着，周传雄的《黄昏》唱得人撕心裂肺。分手大师觉得心里很失落。他甚至有些神经质地发问：“人为什么要唱情歌啊！”这好像要送别某个人。

“我开始害怕宁静，因为没人做伴！”分手大师满脸忧愁地说。

不知不觉中，车已驶入繁华地段。来往穿行的车辆井然有序，互不侵犯，这多像分手后的两个人啊！这样的感觉被分手大师无形中放大了好多倍。

车子到了小区路口，他很有礼貌地挥手告别。分手大师轻轻点头，车子前行，轮胎轧过一些飘落在地上的黄叶，发出清脆的声音。

到车库的时候，他终于勇敢承认自己非常难过。他看着无数次停过的地方，说："我只是和你道别，你却以为是分手。"然后，泪水夺眶而出，那种感觉就像经历了生离死别，感情说没就没了，他又说自己感受到了"杜十娘怒沉百宝箱"的心境，可，他分明是男人啊!

分手大师大概在楼下呆立了三分钟，然后才上楼睡觉。

后来，分手大师学会了总结。他在日志里写道："这么多年，分了很多次手。每次我都只是道别，从未想过分手。这么多年，我看了很多电视剧，浪费了很多光阴和纸巾。谢谢你陪伴我度过这漫长又憋屈的人生路。我没有想到我们会分手，和你道别，盼望有一天能再续前缘。现在，过去了许多年，该还给你的已经还完，把你还给你，把我留给我自己，回到最初的模样。"

我是第一个读到这篇日志的人，随后他删除了。我心里暗暗高兴，分手大师或许真的懂得道别了。

冬日，我坐在电脑前，指尖飞舞，忽然觉得两个人在分手前一定要想清楚，这是不是一个不可挽回的决定。那些轻易地说出分手决定的恋人们，感情不是儿戏啊！我们都伤不起。不要等到后悔莫及的时候，才懂得短暂的人生里痛苦大于快乐。

我也想到了自己，那天我一个人走在微风轻拂的街头，突然想起那个人，心里有些短暂的难过。然后，我头一抬，昂首阔步，心里唱着一首歌：离开旧爱像坐慢车，看透彻了心就会是晴朗的，没人能把谁的幸福没收。

如果在感情世界里，你不幸成为别人的负担、包袱，请不要再念念不忘。毕竟，我们要学会勇敢和坚强，毕竟分手要懂得放下，要快乐！

从原点回到原点，从来处回到来处

有时候，我们会爱上一个遥远的人，那只是因为我们还没有抵达彼岸。就像有时候，我们会厌恶自己所在的城市，仅仅是因为待得太久，然后，我们义无反顾地涉身去冒险一样。

* * *

我听过最有感触的故事，说的是一个女孩不远千里来到陌生的城市，她穿着打扮很有个性，留着长辫子，穿着花棉袄，当时是深秋，虽看不到香山枫叶“叶叶千红飞”的那种美，但这城市的“落叶聚还散，寒鸦栖复惊”的凄凉之美也还是深深触动了她的心。这是她第一次来到这里，只为了见一个人。

我当时觉得这一定是一见钟情的典范，但真的靠谱吗？我不知道，她那么满怀期待，穿着不合时宜的服装在陌生的城市里静静地等待，眼波似水，我猜想她的家在东北，她的家与这座陌生的城市有着遥远的距离，她不属于这里。

那他们之间有多少了解呢？不管怎样，她真的付诸行动了，一见钟情下又何须深入了解呢？我不知道这个故事的结局是什么，但我相信一见钟情下，距离不是问题，因为有好感存在彼此的心间。

我绝不是鼓励一见钟情，毕竟很多时候，感觉会欺骗我们，所以我宁愿相信“距离让我们在一起，距离又让我们分开”。

* * *

我今天要讲的故事女主角长得有点像金庸先生《天龙八部》里的木婉清。当时我看这部影视剧的时候，就听说一些人对木婉清颇有好感。后来，我特意去看了小说，书中说像木婉清这样的女子让“段誉顿时全身一震，眼前所见，如新月清晕，如花树堆雪，一张脸秀丽绝俗……段誉但觉她楚楚可怜，娇柔婉转。”不知道她是否也爱看金庸的小说，我问她的时候，她笑而不答。那么，姑且就叫她“木婉清”吧。

少有女子第一眼就给人天真烂漫，犹如浑金璞玉，全然不通世故人情的感觉，但木婉清似乎做到了。

原因很简单，她相信缘分，而相信缘分在某种程度上就等同于相信一见钟情。我当然比较反感这样的说法，尤其是看到有人

用露丝和杰克作为例子进行反驳的时候。

杰克在露丝最厌烦她未婚夫的时候出现，她会觉得对方犹如一只狐狸。换句话说，你讨厌一个人的时候，无论对方做什么都是错的，露丝就觉得未婚夫俗不可耐，充满了铜臭味。只能说，这时候的露丝实在太需要杰克这样的人了。

木婉清其实并不那么钟情，但她愿意带着一见钟情的态度去见她的“段誉哥哥”——董先生。她很快在微信圈里发布消息：我异地恋了！

我听她讲述这段恋情，觉得不靠谱。异地恋是多么不靠谱啊！两人不过是在隔空谈情说爱罢了！虽然我曾在以往的书中讲述过成功的例子，可毕竟是特例呢。木婉清在喝了一口苦咖啡后，瞪了我一眼，说：“我要告诉你，这也是一种爱，你不懂！”

任何一个相信一见钟情的人，自然是相信缘分的。而相信缘分的，就绝不会在意距离有多远。

木婉清继续说：“你们总认为这样的感情不靠谱，你们是对我没有信心，还是对在远方的他没有信心？我还就不信，我们就异地恋了！”

我不知道木婉清是否已经习惯异地恋，但我知道有些习惯一旦被打破，就要出事了。她和董先生相识已经有一年的时间了，见面的次数不超过三次。在这并不算太长的时间里，董先生看起来是那么正常，他安定、祥和，腰板挺直，除了对钟情小姐，对其他人没有过火的欲望。总之，除了见面时的热情似火，其余时间都是一副正人君子的模样。

我质疑董先生对木婉清的感情没有那么真，他也没有辩解，但也没有表现出不屑一顾的样子。这太不正常了。

木婉清在郊区开了一家颇具文艺气息的酒吧。她特别喜欢听李健的《贝加尔湖畔》，在优美的旋律中，她轻吟浅唱："在我的怀里，在你的眼里，那里春风沉醉，那里绿草如茵。月光把爱恋洒满了湖面……就在某一天，你忽然出现，你清澈又神秘。在贝加尔湖畔，你清澈又神秘，像贝加尔湖畔。"

有一段时间，他们相处得的确很好。后来，钟情小姐关掉了酒吧，来到董先生所在的城市里。当时的木婉清满面春风，穿着波西米亚长裙，头发松散，俨然沉浸在热恋中的小女生。

木婉清和董先生住在了一起，他们由此开始了同居的生活。然而，董先生——这个看起来多么正常的男人，突然间就不正常了起来。他不停地数落木婉清，也不知道在外工作的他受了多大的委屈。或者说，只不过因为有了木婉清的存在，他正好找到了发泄的出口。

后来，木婉清对我谈起此事的时候，我忍不住说："你家的那位先生是否在童年有过阴影？"

"这事怎么说？"她睁大眼睛望着我，一脸惊愕。

我直起了身，"董先生多大了？"

"快三十了。"

"他之前没有过女友吗？"

"没……没有。"

"你看，一个快三十岁的男人到现在才有了你，那他之前的时间都在干吗？"

事实的确如此。他那么墨守成规，几十年的光阴都在孤独中度过，这不符合常理啊！我想，他与人的距离是遥远的，因为他相信距离会让他感到安全。

人作为感情动物，有时就是这么奇怪，你那么盼望一个人的到来，人家来了，你又变得不自然了。木婉清坐在一家打卤面馆里说出了如此富含人生哲理的话。我略感吃惊，随后由衷佩服，这都是经历过后的真实感言啊！

“你知道吗？后来他数落我够了，居然睡着了。”木婉清说这话的时候竟然忍不住笑了。

我盯着她看，她笑得有些哀怨。我能体会到这样的感受。

“你知道吗？我后来觉得很烦，干脆到里屋睡觉去了，真的有点对不起他认真跟我讲道理时的样子。”

后来他们这样的争吵已经不可抑制了，双方都感觉很累。而争吵的原因无非是一些鸡毛蒜皮的小事。这是很要命的，因为他们开始为小事争吵不休的时候，就几乎等于释放出不欢而散的信号了。当然，这是后话。

董先生时不时会安排一些饭局，他邀请的人里有他一起长大的好友，也有两三年才联系一两次的所谓哥们儿。当他们以莫名的理由来参加饭局的时候，木婉清还不得不强颜欢笑。她开始抱怨，二人世界多好啊！为什么要把其他毫不相干的人掺杂进来呢？

怎么是毫不相干的人呢？都是好友，都是哥们儿。董先生的碎碎念又来了，然后木婉清开始犯困，最后不欢而散。

曾经的距离是多么美，至少不会像现在这样争吵不休。现在的距离，使他们对彼此无感，对彼此厌恶。

有一天，木婉清对董先生说："我们还是分手吧！"

董先生说："好吧！"

然后，双方各打哈欠分床睡。不一样的是，董先生关掉了手机，他不想收到木婉清的任何信息——以前她会跟他道歉，不管对错。

董先生应该是感到厌倦了，木婉清应该比他更厌倦，毕竟她的期望值那么高，如今落差太大。她也承认，三年了，她的感情已经从热烈到平淡，从平淡到无感。她静下心想了很久才发现一个道理：他的确爱过自己，自己也的确爱过他，只是，这样的爱是时空交错的，是在他们不在一个空间的时候。

那些分开、相聚的日子里有过多少美好和欢乐啊！

现在，他们彼此折磨，到最后双方都很痛苦，这些不是她想要的，也不是他想要的。

* * *

有时候，我们会爱上一个遥远的人，那只是因为我们还没有抵达彼岸。就像有时候，我们会厌恶自己所在的城市，仅仅是因为待得太久，然后，我们义无反顾地涉身去冒险一样。

走出打卤面馆，木婉清迎着风，她说她会去机场，买上一张返程的票。

当彼此的世界不再有交集的时候，不妨回到原处，也是一种不错的选择。

世界那么大，总有一个人在等你

很多事没有缘由，没有感情的时候渴望得到感情，年轻的时候为爱痴狂，大龄或“二手”后却又变得止步难前，又或者期待完美。

* * *

大龄女人又大了一岁，二月份的时候交往了一个二手男人。两人年龄相差不算大， 初看起来还挺般配。

大龄女人人挺不错，皮肤白皙，笑容爽朗，待人热情，就是感情不顺。二手男人中等身材，略胖，说话时偶有冷幽默。曾经有过一段婚姻，不久之前刚离婚。

大龄女人早年在深圳开美发店，也算经历风雨。但她命不好——用她姐妹的话来说——男人是一个赌徒，嗜赌成命。开店所攒的家底经不起这样的挥霍，日子越来越难过。

男人脾气也不好，大龄女人说，有一次她男人回到家里闷闷不爽，一看就是又输惨了，她就说了一句“手气不好就别去赌了”，结果男人不知道哪里来的无名火，一耳光给她扇了过去，大龄女人脸上疼得火辣辣的。像这样的挨打不止一次。她在向我讲述的时候，我都听得愤怒不已。最可恨的是，她怀孕的时候也要挨打，她一面讲述着，眼圈泛红，更勾起她内心痛苦的回忆。

大龄女人是一个很能干的女人，她一心为了这个家而奋斗、容忍，可惜最终换来的却是家徒四壁和被暴打。她真的足够好，如果有人娶到她，一定会很幸福。

离开深圳后，她回到了四川，大概在外闯荡过的女人都很独立，况且，在经历过一个渣男后，她觉得感情变成一杯淡水，没有味道了。就这样，大龄女人长时间单身着，她父母着急，希望她再找一个。

大龄女人和二手男人的相识源于朋友介绍，一来二去，双方觉得还有点意思，就确定交往。二手男人面对眼前这个成熟的女人有些着迷，他喜欢她风韵犹存的成熟味道。

喜欢一个人就应该适当表现，可二手男人偏又拗着一股劲儿，要近身又不敢太近身的样子，他甚至觉得凭什么每次都是自己主动，不都是“二手”的吗。当然，他不会这样去说，但他真

的有这样的感觉。

一个人的成熟很吸引人。所以，二手男人那些不爽的情绪也没能占据主导地位，他还是懂些浪漫的：会在一些时候发一些暧昧的情话，会在她来例假的时候嘘寒问暖；会在旅行中给她大包小包地拎东西；会在她累的时候给她捏捏肩膀……一个男人，做到这样，也是够体贴的了。

二手男人在逛街的时候搂着她的腰走，可他又不好意思，路人看到的时候，他像做贼似的赶紧把手放开。这让大龄女人感觉很不爽，说："谈恋爱又不是做贼，为什么要这样？"二手男人一本正经地说："这么多人看到不好。"于是大龄女人说："那好吧，我们各走各的。"二手男人也没有意见。

两人交往有一段时间了，但真没有什么热烈的场面，有的只是一些可以略略细数的爱意情节。朋友开始劝大龄女人，说要不就嫁给他得了，他看起来还算不错。

大龄女人就对二手男人说"你觉得我怎样"。对方说"还好啊！"大龄女人又说"你父母知道我吗？"对方说："哦，我还没有跟他们说呢，要不这周去见见他们吧！"语气不温不火，感觉这事可有可无。对方又说："那你父母知道我吗？"大龄女人说："也不知道呢。"

我不得不吐槽，这两人是在谈恋爱吗？怎么搞得跟大街上遇到普通朋友彼此寒暄应付一样。后来我一想，大概是他们都爱得不深，或者就是互相没有太深的印象，才没有足够力度的表达。当然，可能还有其他原因，如果双方都有那么一丁点儿保持暧昧的意愿，彼此都心存一些期盼，这也未尝不可。

除此之外，也有可能他们对过往的失败婚姻心存芥蒂，谁都不敢首先跨出那一步。

* * *

庆幸的是大龄女人最终和二手男人走在了一起，他们过着平淡的生活，就像已经走过很多年的夫妻一般。二手男人依旧木讷，大龄女人依旧能干，但是很多人都说，他们才是真正的夫妻。

有时夜晚大龄女人睡不着，她不知道自己的选择是否正确，也不知道嫁给这样一个平凡的男人是否正确。当她在深夜里独自愁苦时，耳边回响起二手男人沉睡的鼾声，她转过身，看着枕畔的男人，忽然觉得，这样平凡也没什么错。太爱，反而会让人疲惫。

这就是我等的人。大龄女人这样想着，慢慢进入了梦乡。

在城市拥挤的人群里，我相信总有不少像他们这样的人存在，他们对爱情不再渴求什么波澜，却又偶尔要去触碰一下，但绝不深入。

难道爱情真的只是年轻时候的事儿吗？难道我们的心都疲倦了吗？

很多事没有缘由，没有感情的时候渴望得到感情，年轻时候为爱痴狂，大龄或“二手”后却又变得止步难前，又或者期待完美。

可是我知道，世界那么大，总有一个人在等你，因为他知道，他最适合你。

世间好物不坚牢，彩云易散琉璃脆

心是世界上最易碎的东西，你永远不会知道它会在哪一刻碎裂，也永远不会知道它会在哪一点散落，就像夜空中的流星，之所以美丽，是因为下一刻它就可能陨落。

* * *

读小学的时候，我们周末要去镇上的微机室接受计算机培训。培训分为两部分：半天在教室听课，半天在微机室看电脑。那个时候，电脑的系统还很旧，我们能看一下电脑就很满足了，若是自己动手则需要一定的勇气，被老师发现是要受到惩罚的。我胆子比较小，也比较单纯，这样的事情没有发生在微机室里，而是发生在教室里。

当时，班上一同参加培训的王同学不停地小声抱怨教室里很闷。然后，他转过头来对我说："同学，麻烦你把你旁边那扇窗户打开。"年少无知的我，憨厚地打开了窗户。结果，那扇木质的窗户“啪”的一声落在外面的走道上，玻璃碎了。讲台上的任课老师马上停止讲课，像交警一样划分了责任——我负全责，而他也很负责地给了我两记耳光，打得我脸上发烫。他骂道：“不是说了叫你们不要碰教室里的东西，你怎么不听，打碎了玻璃，要赔钱的。”我争辩说：“是王同学叫我开窗户的。”而这时王同学已经趴在桌子上，假装自己睡着很久了。

最后，任课老师带着我去镇上的五金铺子里划了一块玻璃。老师先替我垫上了钱，不过，回教室后，老师当着全班同学的面要求我一定要尽快把那五块钱还上。后来，我把五块钱交给自己的班主任，让他帮忙转交给任课老师。就在那时，随着那块摔碎的玻璃一同破碎的，还有我的年幼的心。

这是我第一次知道易碎的东西千万别碰。那时候对易碎的东西的认识就是一些瓶瓶罐罐，随着年龄的增长，不幸发现，要找出世界上易碎的东西远没有找出不易碎的东西容易。因为，世界上易碎的东西明显比不易碎的多。后来，经历过一些人和事，明白了看似不易碎的东西反而更加易碎。

心是世界上最易碎的东西，你永远不会知道它会在哪一刻碎裂，也永远不会知道它会在空间中的哪一点散落，就像夜空中的流星，之所以美丽，是因为下一刻它就可能陨落。

* * *

我曾经见过一个女人，一个像流星般美丽迷人的女人，她是一位优秀的美术家。然而，她的情绪就像盆地的气候那样阴晴不定，她的心思就像阳光中漂浮的尘埃那样难以捉摸，她的忧郁像深秋里的桂子那样深藏不露，但她的眼睛，却像阳光照耀下的露珠那样扑闪着迷人的光泽。她是一件易碎的艺术品，她的心是这件艺术品上最易碎的关节。她的心忧伤而美丽，她的故事就像莎士比亚的悲喜剧，让人看到喜剧处忍不住想哭，看到悲剧处忍不住想笑。这就是她，一个易碎的符号。

她先后经历了七个男人，每一个最后都离她而去。因为，她总是忍不住多愁善感，看着外面的树叶飘落的时候会落泪，看到河流的浮冰融化的时候会难过，世界上一切美好的和不美好的东西到了她那里，全部变成一种叫作感伤的情绪凋零下来。她还多疑，男人对她越好，她就越觉得男人在外面做了对不起她的事，她总是想方设法从男人的嘴里套话， 希望能得到一个让自己满意的回答。

什么回答能让她满意呢？我曾问过她。她摇了摇头说，不知道。事实上，她真的不知道。按照她的逻辑，如果回答说在外面做了不好的事，那就是对不起她，她自然又会伤心；如果说没有，她就会认为说的不是实话，她会继续自己的忧伤。事实上，对于这个问题，她需要的早已不是一个答案，而是在问这个问题的瞬间获得的一种安全感。所以，她不停地问，以缓解自己美丽的哀愁。然而，当她乐此不疲追问的时候，男人却受不了了，随便找了个借口离她而去。

这位忧伤小姐的心绝对是这个世界上绝顶珍贵的艺术品。但是，被碰的次数太多了，就再也快乐不起来了。碰这件易碎品的不是别人，正是她自己。她对碰自己易碎的心上了瘾，无法自拔，她需要这样做。因为，这样可以获得短暂的快乐。只不过，这样做的结果是永无止境的忧伤。因为，如果她一旦哪一天停止这种行为，心里就会形成一种只有自己才能够体会的巨大落差，随后，她又不得不继续这种行为。

这是极其危险的，这会让她陷入一个怪圈。到最后，她会以为做某件事会带给她快乐，而做了这件事后，她会发现自己还是不快乐。这就是说，她的快乐只能存在于自己的预想里，现实里有的只是无尽的忧伤。

她之所以这样做，是因为她没有意识到，真正的易碎品不是她自己本身，而是她身体里那颗易碎的心。同时，她也没有意识到，所有忧伤产生的根源不是生活，是她对自己那颗易碎的心不停地碰触。只要某天她能够停止碰触那颗易碎的心，那她的情绪就能和快乐重归于好。但是，这一点她意识不到，即便我已经告诉了她，她也答应了，可上瘾的心怎么可能说戒就戒呢?

* * *

人就是这样，越是易碎的东西，偏要去碰，一旦碰坏了，自己又修不好，修不好却还想碰触。他们认为，反正都碰坏了，修补好了，再碰碰也无所谓，而且继续碰触可以满足他们虚荣的好奇心。就像那位忧伤小姐，虽然她满口答应不再碰触自己易碎的心，可过后这种碰触还是会变本加厉。别问我为什么，人性使然，她的碰触永不停止，除非哪一天的碰触把她这样做可以获得快乐的泡沫戳破了。

除心之外，这个世界上易碎的东西还有很多。越易碎的东西就越需要呵护，越呵护就越害怕打碎，越害怕就越容易失手，一失手就容易打碎，那么就前功尽弃了，只能望着一地碎片发呆。也许，对于易碎的东西， 我们不必那么去在乎、去呵护，我们需要做的，就是不去碰触，不允许别人去碰触，这样反而更加心平气和，也就没那么多意外发生了。

说实话，说不碰容易，说不碰就不碰难，说千万别碰就再也

不碰更是难上加难。碰和不碰之间有着巨大的落差，需要一个缓冲的过程，这个缓冲的过程不是叫我们小心翼翼地碰触那些易碎的东西，而是去碰触那些至少目前不易碎的东西。

物质上易碎的东西碰坏了还可以修补，精神上的东西碰坏了就不复存在了，就将会是个永远的缺口。时光不回溯就无法弥补，而短暂的快乐换来的是永恒的遗憾。当我们面对易碎品的时候，想想这番话，可能就会做出一个比较明智的选择。

如果爱就请深爱，不爱请离开

换句话说，绝不能把感情当儿戏，心不在焉。因为，爱一个人绝对是有证据可查的，需要双方都用心去交付。

* * *

×先生不是很爱眼前的这位女友，这就造成了一个有趣的现象：一方是不冷不热；一方是热情似火。前者最过分的时候，如同去吃“冷淡杯”不带任何一个人，而后者的热情却没有因此退却，在家里等待着×先生的回来，并给予嘘寒问暖的关怀。这样的日子持续了很长一段时间，双方居然都没有问及“爱与不爱”的问题。

直到有一天，长期处于热情似火的她因“燃料”殆尽，再也热情不起来了。就在前几天，×先生还对身边的朋友说：“我那女朋友就那样，说行也行，说不行也不行。”朋友就疑惑了，说：“到底是行还是不行啊！”×先生迟疑了一下，回答的内容只有简单两个字：还行。

两人在一起那么长的时间，最后等到的就是这两个字的答复：还行。可是，爱一个人是不能够以“还行”来概括的，这样会让爱你的那个人找不到相爱的证据，继而对爱产生倦怠感。分手那天，×先生的女友提着行囊，在门即将关上的那一刻，说了一句话：“如果爱我就带我到山顶，不爱我就早点带我到谷底，女人最美的青春都被你荒废了，你不是个男人！”说完，“砰”的一声门响，那扇早就应该关上的门终于在这一刻彻底地关上了。

这的确是一个听后让人心碎的故事。一个女人能有多少青春，多少热情可以去挥洒呢？实际上，男人也一样。不够爱的故事发生在谁身上都不好受，可爱情就是“魔”，偏让不够爱的人和狠狠爱的人在一起，这不是孽缘么？

在狂爱里，我们都是后知后觉，只有在不爱的时候，才可能是“先知先觉”——遗憾的是，这样的“先知先觉”本末倒置了。所以，我还是觉得周笔畅的歌唱得好：“我认真思考过，怎么会越爱越寂寞，很难想象那么幸福瞬间就能坠落……福尔摩斯发现了没有，谁把爱情偷走……”

×先生的女友走后，他才知道前任女友对他而言有多么重要。于是，我很肯定地表达出这样的信息：走得好啊！早就应该走了。

周笔畅说“福尔摩斯偷走了那份火热的爱”，其实，不是“福尔摩斯”的功劳，是那份不够爱的感情把爱情偷走了。

要辨别两个人之间到底有没有爱，有没有“爱我就带我去山顶”的感情一点都不难。因为，相爱都是有证据的，不爱同样也是有证据的。我们只要静下心来，细数那些相爱和不相爱的证据，就可以得出答案。《诗经》里说“投之以桃，报之以李”，这多有道理啊！中国人讲究礼数，在爱情里面，至少对方向你表达爱的时候，你也得回应一下你也在爱着她嘛！不够爱就尝试去爱，尝试过后还是发现不够爱，那还爱什么呢？趁早告知，分手吧！

自从×先生分手后，他时常想起一些事，这都是关于他自己的。譬如，他想起在过情人节的时候，为他的某一任女友走遍大街小巷，买了好多女友喜欢的东西，当他兴致勃勃地提着这些东西送到女友手中的时候，女友当时还是挺高兴的。可就在这当口，女友的手机响了，是好姐妹打来的，说有急事。于是，×先生赶紧掏腰包，给了女友打车的钱。他自信地以为回到家里一定能收到女友的“恋爱短信”，就是亲昵又感动的那种。所以×先

生回到家里后，原本应该9点就睡觉的，结果到了11点仍没有丝毫睡意。他就这样等着短信的到来，等啊等啊……等到玩CF游戏都没劲的时候，短信还是没来。×先生实在太困了，倒在沙发上睡着了……

几天过后，两人在咖啡厅见了面。×先生劈头盖脸地数落了一番后，坚决地分了手。至于分手原因，×先生有自己明晰的判断，他觉得自己那样热情，居然被对方泼了满满的一瓢冷水：你——怎么就不能给我回一条短信呢？

我总认为，这事儿不仅仅是一条短信的问题，主要是因为当一个人毫无怨言、满怀信心，并以爱对方的出发点使用礼物传递爱没有收到回应的时候，那颗渴望爱是平等的心受伤了。其实，我们不都一样么？我们要的不是爱的礼物，而是彼此那颗“对等”的心啊！而且，有这些还不够，还需要对这份感情的重视以及肯定。换句话说，绝不能把感情当儿戏，心不在焉。因为，爱一个人绝对是有证据可查的，需要双方都用心去交付。

只是，感情这事儿简直是太难琢磨了——

一方面我们拼命地想得到爱的证据，另一方却不感冒。

一方面我们努力付出爱的证据，结果到了另一方却一文不

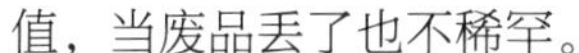

值，当废品丢了也不稀罕。

这样说来，情感的付出与回报就像化学里面的能量守恒定律一样？NO，如若这样，我们终究俗人一样把无法量化的情感给具体量化了。难道感情就是一两十钱，一斤二分之一升？我想，即便如此，这也是一种病态的能量守恒吧！最终不会有一个是赢家。曾经的热情似火变为冰天雪地，而离开是最好的选择。

但我相信“不够爱的人终有一天醒悟却晚矣”这句话。可在这之后呢？他们是朝着各自信仰的东西——南辕北辙？还是等待——以一个轮回好好在一起？我不知道，只觉得他们就像打篮球一样，头一回合他赢了，另一回合她赢了，如此交替循环。总之，头一回合的结果就是下一个回合的报应。

这实在太有趣了，有趣得想让人想哭，甚至暴跳如雷：你怎么就不能明白我的心呢？好好地在一起相爱不行吗？所以，在×先生细数那些后悔的时候，他总会长叹一声：这就是报应啊！我错过了一生中最爱我的女人。

×先生的女友走后，去了哪里呢？据说，她心灰意冷了很长一段时间，至于找到新欢没有，不得而知。唯一想要说的是，她保留了×先生的QQ号，这个号是属于他们之间的“通关密语”，她期待着有一天×先生的QQ头像会闪动。可我总觉得这事太玄乎了，会不会是一时心有不甘留下的残毒呢？但——不管如何，我还是衷心祝愿她早日找到属于“她”和“他”之间真正的通关密语。

很多人都问我，这个故事最后的结局是怎样。我说，我也不知道，主要是因为这样的故事还在发生着。我想，这就是报应吧！谁叫你当初爱得不够狠呢？总自信地以为深爱你的那个人会像护身符一样紧紧地贴在自己的身上。这真的是天大的自信啊！

有一次，我去少数民族之地格萨拉，看到有俚濮人（彝族的一个支系）在山顶歇斯底里地唱歌，就像要喷出火来一样，他们有着足够的火热与激情，简直是痛快淋漓。回去后，我躺在床上想起一句话：爱我就请Take me to the top of the hill（带我到山顶）。

谨以此文纪念悲伤透顶的×先生，还有那个内心还残留着期待的她。

遗忘是我们给彼此最好的纪念

很多人分手后都彼此纠缠不清，或者总有一方纠缠不清。这不是爱，这是一种迷恋，迷恋是一种吞食，正如杜拉斯所说。你可能还自以为这是一种爱情，其实只是迷恋而已。

* * *

这是一个分手频繁的时代，所以，不管你分过手没有，都要为分手储备一些知识。这种说法不是一种浮夸，在当下的时代，处在对离婚还有热情的年龄阶段的人，人均0.3本离婚证，两口子加起来就半本不止了。结了婚分手的尚且如此多，那么还没结婚的自不必说。

显然，分手不是我们想要的结果。但是，当这种结果成为既定的事实，那么我们要做的就是如何在物质和精神上把这种结果造成的损失降到最低。那么，我们就不得不掌握一些分手后的实用技巧，比如说一次性分手。

我们对“一次性”这个词语并不陌生，买房子时的一次性付款，穿的一次性纸内裤，还有生活中的许多一次性用品。这些头戴着一次性的帽子的东西总是很受欢迎，因为，一次性完成一件事就避免了这个过程中那些可能发生的意外，可以把风险降到最低——就连那些凶神恶煞的人嘴里的“一次性算清”也是如此。

感情又何尝不是这样呢？当感情无可挽回的时候，我们要做的不是一条路走到黑不断地纠缠，而是一次性分手转而投入下一段感情或者其他有意义的事。因为，不管你做什么，那段感情已经烟消云散了，缅怀也好，沉迷也罢，都不过是自欺欺人的自我逃避。

很多人分手后都彼此纠缠不清，或者总有一方纠缠不清。这不是爱，这是一种迷恋，迷恋是一种吞食，正如杜拉斯所说。你可能还自以为这是一种爱情，其实只是迷恋而已。

迷恋是不可避免的，就像美好的东西必定会留在记忆里一样，但是迷恋需要一个度，迷恋过多会让自己被吞食得一干二净。就好像你开车时十分在意沿途的风景，并且对已经路过的某段风景难以释怀，这样一来，你错过当前的风景不说，还有出车祸的危险。既然已经过去了，为什么还要耿耿于怀不让它过去呢？谁斗得过时间，谁又能赎得回过去呢？不如让它好好地待在旧时光的当铺抽屉里，偶尔一个人拿出来看一眼，然后飞快地放回去，这样的方式岂不是更好？

* * *

X先生，姑且让我们这样叫他，他身上的一切都像X一样是未知数，除了感情。他在三年前就和一个女人分手了，但是至今仍然难以忘怀，并且彼此时常有异于朋友之间的那种联系。X先生继续为这种联系不断付出着，走不出来。换句话说，他自己画地为牢把自己关在了一个囚笼里，只留下一个口子可以探出脑袋呼吸外面的空气。他呼吸着，却并不顺畅，他活着，却并不快乐。他所追求的，是内心里那层披着忠贞不渝的外衣的怨念伪装成的山寨版快乐。

而让X先生迷恋得无可救药的那个女人呢？当我在她面前提起X先生的真名的时候，她说："自己是有那么一个自以为是的朋友，但是现在不怎么联系了。"现实就是如此残酷，当你以为自己的所作所为是一种对爱情的忠贞不渝时，别人觉得你们这是一种自以为是，我也是这样认为的。X先生迷恋的那位女士过得很好，早已投入了新的感情生活，她的脸上和言行都完全看不到一丝丝眷恋着X先生的影子。"为什么你还和他有着藕断丝连的联系呢？”我问。她的回答很让我吃惊——

“我想，你和他都误会了，我们之间的联系不是藕断丝连，不过是寻常朋友间的人之常情罢了，我和他早就分手了，干吗要跟过去过不去。”

这个回答在我的心里激起了千层涟漪。比较一下X先生和这位女士，就会发现她比他更像男人一点，他比她缺少一种当机立断的气质，她比他更明白分手的真谛，他比她多了一种莫名其妙的自以为是……

其实，感情中的一个投资者已经撤资走了，剩下的一个干吗还要苦苦支撑呢，不管你怎样经营，失去一般投资的产业怎么可能再现过去的繁荣，顶多剩下一个死而不僵的空壳子。试想一下，一个产不出任何有价值产品的工厂，为了维护工厂原有的规模不得不养活几百个什么也生产不出的工人，不亏才怪。对于这一点，唯一的解决之道就是赶紧撤资，将资金注入一个新的工厂，照样能产出过去那种质优价廉的产品。只不过，生产厂家和股东换了而已。

我对那些美好的爱情是持赞美的观点的，前提是这爱情必须美好，并且，不能是一人认为美好，另一人根本就不知道爱情那一回事儿的那种。在感情的世界里，不能单纯地想当然，自以为美好就觉得美好，特别是分手以后，很多人耿直憨厚地以为分手只是一个形式，感情还在。所以，仍旧要保持着自己分手前的热情，他们相信只要感情还在，分手了也没关系。但明显他们把主次关系搞错了，其实，应该是只要分手了感情就不复存在了。如果感情存在，又怎么会分手呢？

有人总是这样为自己的纠缠不清狡辩，说什么自己是为了破镜重圆，从一而终。不过，说这些话的时候的语气嘛，听起来总有点做贼心虚的味道。而且，假如一个比其前任脸长得更好看，身材更好的人出现在面前的时候，这类人保准跑得比兔子还快。当然，这是不可能的，除了快递员先生，没有人会傻到给一个心里记挂着前任的人送货上门。而且，当这类人走出阴霾彻底分手、划清界限重回美好的生活之后，他们会坦诚地说自己当初是多么多么傻。其实，早就应该这样了，自己当初真是自讨苦吃。这里就不得不再次提到X先生。

* * *

最后一次见到X先生的时候差不多是在一个月以前。之所以说是最后一次，是因为X先生已经从对那位女士的迷恋中走了出来，遇到了另外一位妙龄女郎，开始了新的生活。当时，他打电话约我聊天的时候我曾考虑过拒绝，但是，想到他这类走出分手

阴霾的人的确需要一个可靠的倾诉对象，不然憋在心里说不定哪天又会生根发芽长出一棵烦恼的参天大树。

在聊天中，X先生十分激动，最激动的时候说话就跟嚎一样。他说，你说得没错，应该尽可能地一次性分手，不然时间也耗了，感情也浪费了，你看看我现在家里那位比以前那个绝对不差，要是我早点走出来，说不定还能找个更好的。说着，他掏出手机给我看上面的照片，果然是个很漂亮的女子。他还说，其实，这些年来我都看透了，之前的执着不是对爱情的执着，而是一种不愿面对爱情的执拗，就缺乏那么一丁点儿勇气，要是当初划清界限……

他像连珠炮一样一句接着一句，我知道他压抑得太久了，觉得自己曾经盲目的付出心里有点委屈，不让他说出来是不行的。所以，我悄悄拿出无线耳机塞进耳朵里，然后，脸上挤出一个认真倾听的表情。好在他这只是语言上的发泄，而不是感情的纠葛，不然可能他又要吃亏了。

* * *

X先生的故事到此结束，但还有许多人的故事还在继续，他们或沉浸在过去的感情里难以自拔，或对过去念念不忘无可救药。这些都是他们为自己的不理智的行为找的一个借口，其实，他们大多在内心深处早已经意识到了自己的行为有所不妥，只是，他们还缺乏那么一丁点儿勇气而已。如果在分手的时候有人劝他们断了，他们也就会一次性分手，就好像医院里病人接受手术前的决心总需要那么几个人来劝说那样简单。或许，这也是人类存在感的真谛之一。

其实，要判断一件事是否妥当，只需看开头和结尾即可，不必去管过程，这是一条真理，在任何领域都适用。就拿分手这件事来说，分手是开头，结果分为两种。一种结果是藕断丝连，经历了长久的痛苦之后终于彻底划清界限，身心俱疲；另一种结果是当机立断，很快地把自己投入到另外一段感情，开始新的美好的生活。这样一来，是当机立断一次性分手还是藕断丝连继续纠缠，高下立判了。这里，有人会问，不是有句话说人生是一次旅行，在乎的是沿途的风景以及看风景的心情，你怎么能说不在意过程呢？事实上，这是一个伪命题，沿途的风景和看风景的心情就是结果，是我们的生活，不是过程，道理很简单，一件事做好了就叫结果，做得不好就是过程。

一次性分手，这就是结果。纠缠不清，这就是过程。身心疲惫痛苦不堪，这也是过程。穿过伤痛再次过上美好的生活，这也是结果。我们需要的是翻越一座小山的勇气，并且借着这些勇气翻越小山，那么，穿过荆棘和丛林我们就能看到另外一片

美丽的天空。但是，我们如果在那里停滞不前，自己把自己锁在满是荆棘的囚笼里，呼吸都困难，哪里还看得到另外一片天空呢。

既然有另外一片美丽的天空在山的那一头等着我们，那么，我们何不鼓足勇气，坚定一些，一次性分手，那旧时光的囚笼又怎么能困得住我们。所以，一次性分手吧，别让纠缠锁住自己。

致我们得到又失去、惊喜又悲伤的爱

我们在人来人往中疾步行走，我们在理想中打拼，我们在生活中相遇摩擦，我们得到又失去，我们惊喜又悲伤，但我们终将在真相和伤痛中长大。

* * *

很多人都说暧昧是一个好东西，它的存在让很多不可能的感情变成了可能，内心深处的渴望更是有了期待。所以，不仅是作家、编剧，还有一些别有用心者，他们会对暧昧进行大肆渲染。

我听过一句非常不错的话：多数情况下，暧昧是彼此都不爱。暧昧是不好的，可是有那么多人不接受它的不好。因为，暧昧的魅力在于它既给人希望，又给人犹疑，就好像鸡肋。这样的感觉对那些崇尚暧昧的人来说却很惬意。

如果继续分析下去，我们就会像枯叶一样，永远看不到暧昧凋谢，但断桥下的悲剧故事依旧会上演。暧昧就像那盏若隐若现的灯，在黑夜里诱惑着、招惹着即将出现的情爱是非。

* * *

柳如风小姐是一名酒吧驻唱歌手，因为像风吹杨柳般格外性感，所以人们叫她“柳如风”。

第一次见到她，是在一次旅行中。

当时，我们去成都游玩。夜晚的酒吧里有很多流浪歌手出没，那里流光四溢，暧昧在暗火中摇曳迷离。我坐在靠椅上，喝着威士忌，静静地注视着舞台上的柳如风小姐。她深情地唱着张玮伽的《变了心的人》，字字情深、句句哀怨……

“我牵着你的手，却猜不透你的心。”歌词在暧昧者们看来是那么熟悉。柳如风小姐很美，婀娜的身段，勾魂摄魄的声音，我相信上天在赐予她这些美好的时候，也一定赋予了很多故事在其中。

柳如风小姐说她遇到了一场错爱，错爱的对象有女朋友，可他又那么明目张胆、热烈地对柳如风小姐表达好感。

“这才是问题的关键。”我说。

“是的。”柳如风小姐点头，她温润地说，“可那时的我并没有在意啊。”

我看了她一眼，问：“那你在意什么？”

“感觉。”柳如风小姐的回答如此简洁，然后她翘起了腿，风姿绰约。

我又问：“你告诫过自己吗？如果对方有了女朋友还对你说爱，你应该立刻走开，与他断绝来往。”

柳如风小姐睫毛弯弯，眨了眨眼，说：“我告诫不了自己，也没法做出那样的决定。”她的声音开始有了起伏，没有之前那般轻柔。

女人都是怕冷的动物，所以柳如风小姐无法对暧昧说“不”，因为暧昧，才有了足以抵挡寒冷的温度，才有了她从冬天快速走向春天，然后又马不停蹄地走向夏天的故事。

柳如风小姐说到这儿，叹了口气，然后陷入了回忆。在那个暧昧的夏天，柳如风小姐外出演出归来，一下飞机竟然看到暖心男出现在机场，要知道当时飞机晚点了挺长时间。可暖心男等了好久，他带着法式面包和牛奶，看到柳如风小姐出现后，温情脉脉地塞到她手中。

暖心男总是带来温暖与惊喜，他的出现总是那么及时或者意外。比如还有一次，深秋时节，天气寒冷，暖心男不远万里来到柳如风小姐所在的城市，只为给她送一件毛衣。这简直太暖心了，不叫人暧昧都不行。

大约在冬季的某一天，暖心男和柳如风小姐一起去吃烛光晚餐，而后回了家，他们聊着人生话题，就在一切即将顺理成章时，头发凌乱的暖心男突然停止了躁动，说了声“我不能这样，对你太不公平了”，便翻身起床，整理了一下凌乱的头发破门而出，再没有回来，留下同样头发凌乱的柳如风小姐一脸惊愕地愣在那里。

可她确信暖心男是爱她的，确信他是有苦衷的，那种不能停止又不能开始的痛只有她自己才能明白。

柳如风小姐心里没有恨，只有信任与包容。可是后来，她的包容里只剩下泪水，因为暖心男在很长一段时间都没有再出现。不知隔了多久，当他再次出现的时候，只有道别。原来，暖心男已经有了真命女友，之所以出现只是因为他觉得毕竟应该有一场道别，道别后，他将带着自己的真命女友走向婚姻的殿堂。

这是多么戏剧性的场景啊！可柳如风小姐没有哭，她轻声地“哦”了一声，看着对方张开双臂，给了她最后一个拥抱，然

后乐颠颠地走了。柳如风小姐望着他远去的身影，淡然一笑，

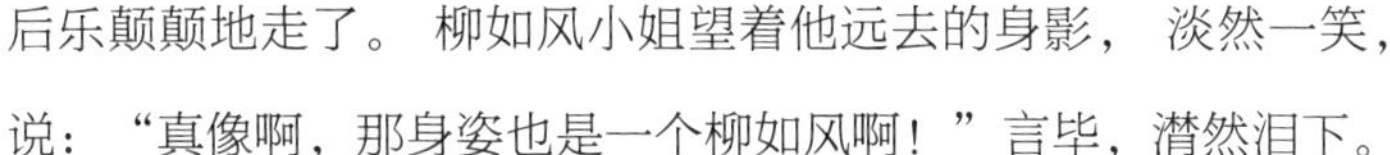
说：“真像啊，那身姿也是一个柳如风啊！”言毕，潸然泪下。

柳如风小姐想不明白，一个人，一个那么暖心的人，他其实是懂得该如何爱别人的吧！为什么到了最后却要伤害他人呢？

一个人一旦陷入“为什么”的疑问，感情就不会好了。我坚信这个道理，若问为什么，非要我说，那一定是多数情况下，暧昧是彼此都不爱。

人也许注定是孤独的，世界也是孤独的。但即使这样，暧昧者也从未放弃过爱，尽管孤独没有离开过他们，但他们懂得关心。也许这样的暧昧形式注定不被很多人理解，但又何必被理解？可是不管怎样，这样的暧昧依旧会伤人。

* * *

我认识的司徒登先生也是一个很容易与人发生暧昧的人。司徒登先生就像一湾碧水，碧波荡漾，他还是一个乐意表达感情的人。因此，生活待他不薄，他总能发现身边那些面容姣好、目光热烈、内心情感充沛的准爱人。

但这些优点也成了他的“戒律”。所以，生活又待他谨慎，以至于当他发现自己将要被浓郁的暧昧包裹时，就会戛然而止，

再也不发声了。

司徒登先生有些痛苦，那些优点反而是他不快乐的根源。倘若司徒登先生最终能醒悟，他一定会明白只有将爱未爱才是最好的，愈来愈爱是致命伤。前者犹如吹毛断发之钢刀，虽不能体验登峰造极之快乐，也不会掉进悬崖置之死地而后生的境地。至于后者，则犹如失去天平的砝码，无法掌控其平衡点，所以总会隐藏着无数的危险。

司徒登先生最近和柔情妹妹聊得火热，不久，柔情妹妹感受到了那种暖昧，打算与司徒登先生更进一步发展。这时，司徒登先生那根警觉的神经突然冒出来，提醒自己立刻刹车，于是，他变得一本正经，中规中矩，一丁点儿暖昧的言语或举动都没再出现。这让柔情妹妹迷惑不已，她鼓足勇气问："你这是怎么回事？你到底是怎么想的？"

柔情妹妹是一个江南美女，她细腻、婉转。细腻让她察觉感情的能力颇强，可婉转又让她迷惑、摇曳。这样的感觉，如同一个人去旅行，恰逢一场戛然而止的艳遇；又如同去了温泉，泳衣已经换上，可温泉突然不再喷涌泉水。

司徒登先生却说："我不过是比较幸运罢了，在恰当的时候遇到了某个人、某种温暖的可能性。这又是危险的， 如同站在悬崖边看绝美风景， 只要再向前一步， 必将坠落。”

司徒登先生又说：“所以，我不希望看到这样的事情发生，伤人伤己。”

这番话或许是真诚的。 同样会让人看到，人世间除了虚伪、自私，还有一些良善的爱存在。不仅如此，亦会让人看到在红尘俗世中除了爱与欲的存在，还有另外一种可能性——可远观不可亵玩。在司徒登先生那一类人看来，暧昧的意义其实就是彼此不爱，而在苦闷生涯中若能拥有暧昧，便又是人生的调味剂，不必过多，不必过浓。

所以，他们看起来是那样格格不入，却又真实存在。他们是两栖人，就像行走在传统与另类中，他们有传统的优良品质，也有非传统的隐秘部分，在此番状态下暴露出的温柔在暧昧中清晰可见。这简直就是男女间性情相投，完全可以称之为“心心相印的伙伴”。

司徒登先生是绝对不会这样做的。他甚至觉得暧昧是属于人生中弥足珍贵的感情，因为彼此不爱，所以在暧昧里又显得那样的乐此不疲，那样的难能可贵。

对于这样的论调，我一开始无法理解。但人终归是理性思考的动物，细想一下就可以分析出个一二三。

比如说，在烦闷的工作中，若与身边的某人有着暧昧关系，或许会觉得压力倍减。

再比如说，过生日或聚会时，有暧昧的存在会增加一些暖色，一起唱生日歌，总好过一个人吹蜡烛、一个人许愿、一个人吃着蛋糕，最后一个人清扫狼藉。

多数情况下，暧昧是彼此都不爱，这是暧昧的真相。若有特例，只能说生命里没有绝对，当然，关系也是。我们在人来人往中疾步行走， 我们在理想中打拼， 我们在生活中相遇摩擦，我们得到又失去，我们惊喜又悲伤，但我们终将在真相和伤痛中长大。

在最好的年纪遇见最好的你

原来爱曾给我美丽心情，像一面深邃的风景。那深爱过他却受伤的心，丰富了人生的记忆……

* * *

这个冬天，多多迷上了本多RURU的一首歌《美丽心情》。

多多是程安多的小名。去年冬天的一天，他在闹市区闲逛，没有想到会看到杨惠。许多年前的一别，两人差不多就在彼此的生活中消失了。程安多以为这辈子都不会再遇见杨惠了，就像彼岸花那样，花开不见叶，出叶不见花，花叶两不相见，生生相错。

“生生相错？”程安多想起这四个字，就有一些哀愁。但这一次隔街看到杨惠，那样的感觉凭空消失了。当时，他在街头的这边，杨惠在街头的那边，虽然隔得有些远，却一眼就能认出。

杨惠似乎一点也没有变，除了发型，以前她留短发，现在是带卷的披肩长发。程安多揉了揉眼睛，心里猛地动了一下，然后泪花闪闪，使劲地朝对面喊："杨惠，杨惠——是我啊，安多，你的安多哥哥啊……"

杨惠好像没有听见，毕竟是闹市区，车流滚滚……大概是杨惠在想什么事吧，一会儿就消失在对面的街道。

"绝对不能再找不到她了。"程安多对自己说。他清楚地知道，只要快速穿过街道——对面的街道前有一个下行的梯子，他只要朝着这个方向追，就能见到消失多年的杨惠，就能把以前错过的岁月弥补。

现在，程安多不顾穿过街道的危险，他像风一样地跑了起来，气息声越来越重，杨惠的样子在他的脑海中也越来越清晰了。这一次，他有了想哭的冲动。

* * *

程安多和杨惠是一个村子的，小时候就在一起玩。荡秋千呀！过家家呀！捉迷藏呀……那时的时光多美好：他扶着秋千架，荡呀荡，她欢叫着，头发飘飘，云飞扬；他让她骑在自己的肩膀上，在草丛里跑呀跑；他让她闭上双眼，然后她找呀找，找不到，她呜呜地哭了，他从草垛里钻出来，对着她作怪相，她一边擦着眼泪，一边捶打他，他从来不躲……

程安多想到这些，先是笑了，接着又哭了。

两人所在的村子叫二道子，在西南边陲的一个山坳里。杨惠说她不喜欢这个村子的名字，村里一些大人就说：“惠惠呀，那你喜欢啥呢？是不是你的安多哥哥呀！”那时，她想都没想，一边点头，一边说“嗯”。然后，大人们就咯咯笑了。

杨惠不明白，自己说的是真心话，为什么他们要笑呢？

而程安多呢，每每听到这样的话，脸一下子红到耳根。可他又不能反驳什么，只好头一甩跑开了。等大人们都做农活去了，两人在一起，程安多就数落杨惠，你怎么能这样说呢？我只是你的哥哥。杨惠委屈地看着他，说：“那你就不想和我住在一起吗？这样我们就可以天天在一起玩了。”

“我不管，就算真的住在一起，你也不能到处去说。”程安多解释不清楚，就扔下一句话跑了。留下杨惠一个人愣愣地站在原地。

应该说，在程安多十岁以前，还是大大方方地与杨惠在一起玩的，就算被大人们取笑，也没有什么大不了。很多时候，他心里还美滋滋的。到了十岁的时候，他就不怎么和杨惠玩了，他觉得有些别扭，毕竟在那么多的伙伴、同学面前跟着这么一个鼻涕虫。可是，杨惠呢？依旧丝毫不顾忌，就像牵牛花似的黏着他，在他身后追来追去。这时候，程安多的处理方式就是跑呀跑，甩呀甩，不一会儿就把杨惠甩掉了，留下她一个人在学校后山坡的一棵大桑树下哭鼻子。

这样的事情发生过很多次，直到有一天，程安多突然发现自己的行为有些过火，就跑回去找她，一阵哄骗，杨惠就破涕为笑了，“我就知道你不会扔下我的。”

两人的年龄相差不大，程安多大杨惠三岁。双方的父母都很忙，关系也处得不错。上学放学的事就交给哥哥程安多了。对于这项任务，程安多没有推辞，哥哥照看妹妹，理所当然。只是，杨惠很多时候调皮，一路走，一路玩，本来从家到学校的路程只需走二十多分钟，结果很多时候要花费将近一个小时。程安多不乐意了，一到校门口，他就一溜烟地跑了。

以前杨惠会在后面大声喊安多哥哥，不管是在路上还是在学校。程安多只能随声应和着，但有一件事是他不能答应的：放学的时候，人多，不能黏着他。

程安多叫杨惠在前面的路口等他，再结伴而行。他怕同学们笑他到哪里都带着一个小女孩。男孩子有男孩子的队伍，而且他们大都看不起女孩子玩的游戏。他们喜欢的是捣鸟窝、钓青蛙、偷果子……

杨惠长得很好看，白白的脸蛋，高高的个子，让人看了忍不住要夸上几句。同村的李大婶就喜欢捏她的脸蛋儿，敞开嗓门说着：“哟，这是谁家的闺女呀，长得是那个美哟，也不知道以后哪家的小子会娶到她……”

这时候，杨惠就撅着嘴，将头扭向一边，用眼睛去瞅程安多。程安多一脸不耐烦，对着李大婶，学着她的腔调，“哎哟哟，就你的话最多……”一旁的杨惠扑哧着，咯咯大笑。

“你还笑？再笑不带你玩了！”程安多没好气地说。

杨惠立刻就不笑了。

程安多一帮同学喜欢在阔地上玩，偏偏当中又有不少人不让程安多带着杨惠一起玩，因为她什么都不会。杨惠听到他们这样说，心里很难过，眼巴巴地望着程安多。程安多将手插在腰间，像个大人似的，“那你就在旁边看着，可以吗？对了，帮我看好书包！”

杨惠听了，一个劲地点头，好呀！好呀！

就这样，杨惠放学后的陪伴生涯开始了。只是，她可能自己也没有想到，这样的陪伴就是好多年，而童年的岁月就这么过去了。当然，最重要的是这么多年来，杨惠只是作为一个旁观者记录了程安多的点点滴滴。

程安多喜欢踢足球，杨惠就站在球场边等。她目不转睛地看着球场上的程安多，英姿勃发，汗如雨下的安多哥哥好帅啊！进球时，她会拍着手掌，不怕拍得生疼，落球时她会招手打气。打篮球时，她就坐在树荫下看书；升国旗的时候，她就在下面静静地欣赏安多哥哥敬礼的模样；安多哥哥的名字出现在学校表扬栏的时候，她就逐字逐句地读……

这样的时光一直到了初三毕业。

这样的杨惠妹妹对安多哥哥简直了如指掌，他的脾气、他的爱好、他的缺点、他的一切。

程安多是如风少年，越长越帅，越长大越优秀。

杨惠是心事少女，越长大心事越沉重，青春的懵懂如白花绽开。

可是，她并不出色，成绩中上，相貌似乎在倒长。当然，还是好看的，只是没有了小时候的水灵。她越来越喜欢喊安多哥哥了。程安多听到了，就露出浅浅一笑。有时候，特别是周末，她跟在程安多后面，走在小路上，一遍一遍地喊着安多哥哥，那样的感觉好惬意，好幸福。

很快就上高中了。程安多考上了重点高中，而杨惠在两年后却未能考上，只能就读普通高中。这样的结局注定只能聚少离多了，她心里有了莫名的失落。

有一天，她忍不住思念，请了假去程安多就读的重点高中，却发现安多哥哥的身旁站了一位漂亮的女生。

“看起来是多么般配啊！”杨惠心里涌起一阵嫉妒的感觉。

女孩问程安多她是谁，程安多笑笑说，是我妹妹，杨惠。然后，女孩伸出手想拉住杨惠的手。杨惠突然一转身如风一样跑开了，在奔跑的风中，她泪如雨下，可风一下子就把眼泪吹散、吹干了。她感到特别伤心：是不是连风也欺负自己？是不是自己长得已不漂亮？是不是成绩再也好不起来了……

杨惠没有回学校，跑到学校后山坡上大哭了一场。她想着自己要不要告诉安多哥哥不要理那个女孩，自己才是他最好的“妹妹”。可是，她最终没有这样做，因为她说不出口；可是，越到后来，她发现安多哥哥身边漂亮的女孩越来越多。再后来，她逐渐习惯了。

一个周末，杨惠坐在窗前，突然悲凉地发现自己越是努力靠近安多哥哥，就越是感觉到彼此的陌生。这种陌生在以后的日子直接表现为就像陌生人一样，可以不打招呼，就算打招呼也是几句寒暄的话就结束了。

有一天傍晚，杨惠在回家的途中遇上了程安多。在那棵槐树下，彩霞透过枝叶间的罅隙，在地上洒下斑斓的光点。

程安多拉住杨惠的手说："这段时间你是怎么啦？怎么都不理我了？"

杨惠听到这两句话，心里的憋屈瞬间崩溃成泪滴。原来，这么久以来，安多哥哥根本就不知道自己内心的想法，他一点都不在乎我了……

所以，杨惠心里就算有千言万语，此刻却一句话、一个字也说不出来。她低着头往前走，晚霞倾洒在她的身上，程安多走在他身后。他这才发现这是多么独特的一道风景，他这才知道自己丢失的是什么。于是，他像突然明白了什么，而这种明白的结果就是，他和那个女孩分了手。

杨惠心里美开了花。现在，她和他之间再也没有任何障碍了。她的学习成绩也开始上升，一直上升，最后到全年级前十。

程安多毕业了，考上了南京的大学。村里的人都很高兴，为这个偏远山村出了一名大学生而自豪。杨惠心里虽然也开心，但随之而来的忧愁也笼上心头 。那天晚上，程安多约了她，她却不敢赴约，只能躲在原地看着他。她心乱如麻，怕他看到自己的窘样，怕他看到自己不美丽的一面。其实，这都是借口，真正怕的是分离……

程安多见杨惠迟迟不来，就到杨惠的家门口大喊，叔叔说杨惠出去了。

“好吧，就不见面了，以后还有时间，还有机会。”程安多这样想。

杨惠呢，她对自己暗下决心，一定要考上安多哥哥上的那所大学。

一天，杨惠在学校接到程安多的电话。电话里程安多兴奋地说自己喜欢上同系的一个女生，说她长得落落大方，有如芙蓉出水，成绩也很优秀。面对如此优秀的女生，心动的自己该如何去追她呢?

这个消息对杨惠来说如同当头一棒，炸得她脑袋嗡嗡作响。她努力让自己的情绪平稳，最后竟鬼使神差地跟安多哥哥出谋划策起来。

挂断电话的那一刻，她后悔了，自己怎么那么傻呢？其实，追求杨惠的男孩也挺多的，她也是校花啊！高中的她一下子长开了，青春飞扬这个词用在她身上再合适不过了。

杨惠在宿舍里的镜子前端详自己，虽然美丽，可有什么用呢？自己比不过安多哥哥说的那个美丽又优秀的女生。想到这里，她黯然神伤起来。

终于有一天，她决定去南京。

到了南京，两人却吵了架。那天，她和安多哥哥正要吃饭，电话响了，是程安多女友打来的，让他一定现在就回去，否则就怎么怎么……而杨惠也听出电话里的内容来了，并不是因为什么特别重要的事，也就是说可以不回去的。

程安多却为难了。走还是不走，他显得那么无措。最后，他说："要不，你一个人吃着，我把账结了，下午再来看你！"说完，他一咬牙走了，不顾杨惠的感受。

杨惠心里冰凉，原来自己在安多哥哥心中的位置不是最重要的。

其实，她这次来是想告诉他一件事情，自己的成绩也能考上安多哥哥所读的大学。现在看来，这一切都没有必要了，她决定改变报考志愿。

* * *

杨惠去香港读大学前，程安多特意去看她。在分别的那一刻，杨惠突然抱住了程安多，“我……后悔了，不应该报香港那边的大学的，我不想离开你。”说完，眼泪就流下来了。她鼓起勇气，第一次吻了安多哥哥。

程安多轻轻地推开了她，“不要后悔，到了那边，好好学习……我们等着你学业有成，等着你回来。”

杨惠的心再次跌入谷底。她在心里狠狠地说：“安多哥哥，我再也不会喜欢你了！”

这一别就是好长时间。在香港，杨惠一个人照顾自己，一个人去吃饭，一个人面对所有的孤独……

人人们常说“冷暖自知，孤独自晓”。杨惠说她不再喜欢程安多了，可她如何能彻底做到呢？也许只有她自己才知道有多么喜欢一个人，喜欢到什么程度。她觉得自己一直都活在安多哥哥的世界里，而安多哥哥只是路过她的全世界吗？

* * *

现在，只要程安多继续追向梯子的方向，就能追上杨惠。

可是，追上去，追到梯子口，杨惠却不见了……

程安多愣愣地站在那里，四下张望，他想：就算找到了，又能怎样呢？过了这么多年，她早已成家了吧！自从杨惠走后，他的心里好像空了一块，从前习以为常的陪伴再也不会回来了，他这才知道自己在最好的年纪里错过了最好的人。

街边响起本多RURU的《美丽心情》："我在早春清新的阳光里，看着当时写的日记。原来爱曾给我美丽心情，像一面深邃的风景。那深爱过他却受伤的心，丰富了人生的记忆……"

到底是谁路过谁的全世界？

到底是谁住在了谁世界里？

后记

如何渡过一条河流

我曾经去过一个禅寺，寺里有一位智者问我："如何渡过一条河流？"

我回答："每个人都需要一条河流和一只船。"

智者又问："那么谁来做那支桨呢？"

我没有了回答。

多年以后，我才知道了答案。那支桨就是我自己。

是的，每个人都有属于自己的那一条河流，也有机会获得很多只船，但那支划动的船桨永远只有自己。

别人无法将你渡到对岸，因为他不知道你去向何处，就算由别人划行，却有可能偏了航线。

那只有靠自己了。独属于自己的那支桨才是我们渡过人生河流的指引，它会告诉我们要渡过哪些河流，会遇到哪些险滩，又该如何登上彼岸……

细数我走过的三十多年，渡过了很多条河流，多少次都没能拥有独属于自己的那支桨，多少次我就要成功登上彼岸了，可总是差那么一点点，一点点……

直到有一天痛定思痛，我说要揭穿人生，要找到那支属于自己的桨……

清晰地记得，最后整理书稿的那天正是大雨滂沱，我坐在电脑旁，专注于书中的每一个字、每一个标点，然后仔细地修改着，希望对故事的表达更为准确或者更能接近于生命河流中的那些本真的东西。

因此，很多朋友在问我为什么要写这样一本书时，我会很坚定地说，我们需要一些成长轨迹来看穿生命中一些原本我们不忍去看的人和事，特别是从青春的过往中印证如今成熟的自己，直到我们找到属于自己的那一支桨。

这样一本让人变得淡定、从容和洒脱的书，如果仅从感情的角度去讲述关于爱的事儿，是远远不够的，我们还需要勇敢地面

对那些刺痛骨子里的爱与怕，然后，不害怕地告诉自己，那些存在于生命之河的人生经验、成长痕迹、哀伤离别、幸福快乐、迷惘蹉跎等，都关乎我们下一刻的成长，因为，这就是我们的人生河流啊！

真的要感谢那些关心我写作的人，我为有这样的幸运而感到自豪。有那么多的故事和感悟都源自于行走在生命河流中的人，是他们让我有机会完成这样一本书稿。并且，我还要进行一些阐释。比如，到整部书稿的完成，其间贯穿的一丝一毫，它们仅是一个符号而已。这样的符号深深地铭刻在我们的青春岁月里，以及那些蜿蜒曲折的人生路上，然后，提醒着我们要努力让自己变得越来越好，越来越睿智。

但我又要做到避免一种误会，这本书绝不是要成为时下流行的那些所谓鸡汤书的模样，它不过是你的一位朋友在自然地讲述那些发生在你、我、他之间的事。它不指导谁，谁也不需要去指导，这些属于行走中的个人体验真实可感，存在于我们身边的一个又一个普通人群里。

所以，我愿意相信感情没有哲学，只有实用心理学。

若是有人再问我“如何渡过一条河流”，就算忧伤成泪，我也要在哭过之后，勇敢拿起属于自己的那一支桨，跟随心的向

往抵达彼岸。因为，至少在痛苦过后，重新振作的我们还拥有自由，至少那些发现自我的努力没有白费。

于近乎荒诞的青春岁月中，去发现曾经稚嫩的我们，然后淡定洒脱地走向未来，这便是我想赋予读者们的心灵体验。还有太多的故事没有写进去，希望尽早能够在下一本作品中与读者们分享。谨以此书，献给那些让我们又爱又恨的岁月，还有故事里的你、我、他。

是为后记。

熊显华